KB072559

MLB
메이저리그

MLB-메이저리그 2

말리브해적 장편소설

초판 1쇄 찍은 날 § 2015년 10월 22일
초판 1쇄 펴낸 날 § 2015년 10월 29일

지은이 § 말리브해적
펴낸이 § 서경석

편집책임 § 한준만
디자인 § 신현아

펴낸곳 § 도서출판 청어람
등록번호 § 제387-1999-000006호
등록일자 § 1999. 5. 31
어람번호 § 제1-2264호

주소 § 경기도 부천시 원미구 부일로 483번길 40 서경B/D 3F (우) 14640
전화 § 032-656-4452 팩스 § 032-656-4453
http://www.chungeoram.com
E-mail § chungeorambook@daum.net

ISBN 979-11-04-90476-9 04810
ISBN 979-11-04-90474-5 (세트)

FUSION FANTASTIC STORY

말리브해적 장편소설

2

MLB
메이저리그

Contents

1. 얄미운 투수 II

만년 왕따이던 고독한 천재 삼열은 적어도 야구부에서만큼
은 영웅이 되었다. 손가락 세 개로 예고 삼진을 한 것이 입에
서 입으로 퍼져 야구부원뿐만 아니라 대광고 학생 대부분이
알게 되었다.

그래서 대광고의 학생들은 그를 베이브 루스 같은 괴짜 투
수라고 생각했으나 다른 학교 학생들에게는 예의 없는 무뢰배
로 인식되었다.

이름도 알려지지 않은 무명 투수가 그런 행동을 했으니 좋
게 볼 리 없었다. 그냥 재수 없는 놈일 뿐이었다.

삼열이 뛰면 다른 야구부원도 뛰었다. 이제는 운동장 서른 바퀴를 돌아도 낙오되는 선수가 한 명도 없었다. 러닝은 모든 운동의 기본이다.

삼열과 함께 뛰는 야구부원은 이제 누구보다도 기본에 충실한 선수들이 되어갔다.

히딩크가 끊임없이 월드컵 대표팀 선수들의 체력 훈련을 시킨 이유 중 하나가 부상에 대비하기 위한 것이었다. 체력이 고갈되면 그만큼 부상의 위험이 높아지기 때문이다. 선수층이 얇은 대광고 야구부는 이렇게 해서 시즌 내내 부상당하는 선수가 한 명도 없게 되었다.

운동을 잘하기 위해서는 자기 관리가 가장 중요하다. 테드 윌리엄스는 술은 물론 콜라도 마시지 않고 오직 물과 우유만 마셨다.

최고의 우타자로 알려진 로저스 혼조비는 술과 담배는 물론 시력 보호를 위해 신문도 보지 않고 항상 충분한 숙면을 취했다.

반면 베이브 루스를 뛰어넘을 것으로 예상한 지미 팍스가 일찍 은퇴하게 된 이유는 술 때문이었다. 지미 팍스는 테드 윌리엄스를 존경했지만 안타깝게도 그의 자기 관리법은 배우지 못했다.

그가 일찍 몰락하게 된 이유가 연봉이 올라가는 만큼 술을 사 마셨기 때문이라는 말이 있을 정도로 그는 자기 관리가 엉망이었다.

언제부터인가 삼열이 운동장을 뛸 때마다 조용히 그를 지켜보는 소녀가 있었다. 귀여운 외모에 눈이 큰 그녀는 1학년 이수애였다.

그녀는 어린 나이에도 불구하고 개성 있고 예쁜 외모 덕에 벌써부터 많은 기획사의 러브 콜을 받고 있었다.

'저 오빠가 그렇게 공부를 잘한다지?'

수애는 운동장을 뛰는 삼열을 몽롱한 표정으로 바라보고 있었다. 그런 그녀를 보고 단짝인 김말숙이 한마디 했다.

"신경 꺼, 이것아. 인간성이 완전 엿이래."

"정말?"

"그래. 누구든 개기면 완전 작살난대. 야구부 중 한 명이 덤 볐다가 코가 깨지고 엄청나게 박살 났대. 그리고 욕도 엄청 잘한대."

"와! 멋지다!"

"헐!"

김말숙은 수애를 보고 고개를 절레절레 흔들었다.

"완전 눈동자가 하트로 변했군. 하여튼 성격도 특이해."

종이 울리자 수애와 말숙은 교실로 돌아갔지만 삼열은 여전히 운동장을 뛰고 있었다.

하늘은 구름 한 점 없이 맑았고 바람도 시원하게 불어왔다. 봄날의 따스한 날씨가 교정을 비추고 있다.

지난 주말에 경성고를 꺾은 일은 야구부에 엄청난 영향을 주었다. 예전에는 시합을 하기만 하면 졌기에 사기가 바닥이었다.

그러나 이제는 불과 얼마 전에 덕수고와의 연습 경기에서 치욕적인 패배를 한 것이 마치 동화 속의 이야기처럼 멀게 느껴졌다.

사기가 오른 야구부원들이 이전보다 더 적극적으로 연습에 임하게 되면서 팀의 분위기는 갈수록 좋아졌다.

유승대는 야구부가 눈부시게 변하고 있는 모습을 지켜보았다. 재수 없는 녀석이 들어왔다고 생각했는데 이놈이 순식간에 복덩어리로 변했다.

그는 원래 머리 좋은 놈을 싫어했다. 그런 부류 중에서도 특히 삼열 같은 놈이 싫었다.

노력하지 않아도 언제나 전교, 아니, 전국 1등을 하는 우월한 유전자를 가진 놈을 혐오했다.

그런데 그 경멸해도 시원치 않은 놈이 야구부를 살리고 있으니 이제 그도 삼열을 인정할 수밖에 없었다.

"흐흐, 이렇게 되면 덕수고에 복수할 수도 있겠군."

유승대는 운동장을 혼자 뛰고 있는 삼열을 물끄러미 바라보았다.

"그래, 네가 왕이다, 왕."

유승대는 이제 그를 마음속으로 받아들이기로 했다. 어차 피 잘난 놈이 있어야 세상이 돌아가는 법이니까.

스티브 잡스라는 성격 지랄 같은 사람 하나가 세상을 바꾸 지 않았는가. 사람들은 그 사람의 업적을 평가하지 성격에는 관심 없다.

속된 말로 교수가 강의만 잘하면 되지, 인격이 아무리 고상 하면 뭐 하겠는가.

인품이 고매한 사람은 부동산중개소에서 일하는 할아버지 중에도, 길거리 장사꾼 중에도 있다.

그렇다고 그 사람들을 강단에 세울 수는 없지 않은가. 마찬 가지로 투수는 공만 잘 던지면 된다.

유승대는 그렇게 생각하며 삼열을 인정했다. 정말 오랜만에 그의 열등감이 극복되는 순간이었다.

점심시간이 지나자 운동장으로 야구부원들이 모여들었다.

"삼열이 형, 안녕하세요."

"어, 그래."

송치호가 삼열을 보자 반갑게 인사했다.

"형, 별명이 '미친 투수'래요. 인터넷에 떴어요. 뭐, '미친 간 지', 또는 '미친 카리스마' 이런 것도 있어요."

"어, 그래?"

삼열은 자신의 이름이 왜 인터넷에서 오르내리는지 몰랐다.

지난 주말 시합에서 상대 선수에게 예고 삼진을 한 것을 몇 명 안 되는 관중이 보고 인터넷에 올린 것이다.

그의 얼굴과 투구하는 모습도 찍혀 인터넷에 올라왔다. 그에게 관심을 가진 사람들이 지어준 별명에는 모두 '미친'이 들어갔다.

삼열은 송치호가 보여주는 인터넷 기사를 거들떠보지도 않았다. 다른 사람이 뭐라고 하는지는 하나도 중요하지 않았다. 전교생을 왕따시킨 전력이 있는 그는 다른 사람의 평가에 대해서는 전혀 관심이 없었다.

자율적으로 운동장 서른 바퀴를 뛰고 바닥에 주저앉아 헉헉거리는 야구부원들에게 유승대가 다가왔다.

마지막 바퀴는 속도를 최고로 올려 뛰었기에 대부분의 선수가 한동안 꼼짝도 하지 못했다.

"모두 주목! 다음 상대는 성원고다. 투수가 뛰어나고 타격도 제법 하는 학교다. 조금 어려운 상대이기는 하지만 그렇다고 못 이길 팀은 절대 아니다. 한 시간 후에 성원고를 상대할 훈련을 시작하겠다."

"네에, 헉헉."

학생들이 모두 입을 열어 대답했다.

"성원고 알아?"

"네."

삼열의 말에 송치호가 대답했다.

"상대해 보지는 않았지만 꽤 까다로운 팀으로 알고 있어요. 감독님의 말씀처럼 투수진이 좋고요. 타자도 교타자가 많아요."

"투수에게는 안 좋은 학교네."

삼열의 말에 송치호가 말없이 고개를 끄덕였다.

투수들이 꺼리는 타자는 장타력이 있는 타자 다음으로 교타자다.

교타자의 특징은 투수로 하여금 공을 많이 던지게 한다는 것이다. 하지만 삼열은 신경 쓰지 않았다. 약점이 없는 선수는 없기 때문이다.

네 시간 동안 성원고를 상대할 전략을 짜고 대응 훈련을 했다. 훈련이 끝나고도 삼열은 혼자 남아 연습을 했다.

그는 아침 일찍부터 저녁 늦게까지 계속 훈련을 했다. 통산 장타율이 0.605에 이르는 연습왕 행크 그린버그가 나타나면 배팅 볼 투수들이 도망간다는 말이 있을 정도였는데 삼열은 그에 못지않게 열심히 연습하였다.

연습하면 할수록 좋아지는 것을 느끼니 삼열로서는 더 열심히 할 수밖에 없었다.

저녁노을이 지는 것을 바라보며 삼열은 집으로 갔다. 오랜 만에 수화가 집에서 그를 기다리고 있었다.

"늦었네."

"아, 네."

수화는 살며시 다가와 삼열에게 입을 맞췄다.

"땀 냄새."

"아, 미안해요. 씻고 올게요."

"응."

삼열이 샤워하고 나오자 수화가 밥을 차려주었다. 상냥한 표정의 그녀를 보자 삼열은 마치 신혼 같다는 느낌이 들었다.

"어땠어, 시합?"

"멋졌어요. 아, 저 이번에 또 승리투수가 되었어요."

"와, 굉장하다. 너무 멋져."

삼열은 수화의 칭찬에 어깨가 저절로 으쓱해졌다.

"그동안 바빴어요?"

"응, 이제 나도 2학년이 되었잖아. 요즘은 취직하기가 힘들 어서 1학년 때부터 준비해야 해. 난 1학년 때 너하고 놀러 다 니느라고 준비를 많이 하지 못했거든."

수화의 말에 움찔한 삼열은 마음속에 있는 말이 튀어나왔 다.

"그냥 나한테 시집와요."

"뭐야? 그럼 나보고 직장도 다니지 말고 네 얼굴만 보고 살라는 거야?"

말도 안 된다는 표정을 지으면서도 입꼬리가 위로 올라가는 수화이다.

이제 전공과목을 배우기 시작하면서 공부해야 할 것이 갑자기 많아졌다. 그래서 1학년 때처럼 자유롭게 삼열의 집을 드나들 수 없게 된 것이다.

"힘들어요?"

"응, 1학년 때하고는 달리 배워야 할 과목이 너무 많아. 리포트도 거의 매일 작성해서 제출해야 하고."

"그렇군요."

아무리 머리가 좋아도 고3에 불과한 삼열은 대학 생활에 대해 아는 것이 없었다. 그러니 수화를 어떻게 위로해야 할지를 몰랐다. 다만 가만히 그녀를 안아줄 뿐.

따뜻한 숨결이 피부를 통해 전해진다. 사랑하는 마음이 있어서 더 따뜻하고 좋다.

삼열은 그동안 외로이 지냈다. 부모 없이 혼자. 친척에게조차 사기를 당했지만 눈앞의 여인은 자신을 믿어주며 늘 함께한다.

사랑이란 그런 것이다. 마음을 나누고, 함께하며 즐거움과 슬픔을 나누고. 적어도 지금까지는 그래 왔다고 생각하니 삼열의 마음은 기쁨으로 충만해졌다.

"우리, 할까요?"

"아냐. 오늘은 너무 바빠. 잠깐이라도 네 얼굴 보고 가려고 온 거야. 오늘도 밤새 책을 읽어야 해."

"흠, 그렇군요."

수화를 바래다주고 돌아와 삼열은 침대에 누워 그대로 잠이 들었다.

눈을 뜨자 너무도 맑은 하늘이 그를 맞이하였다. 학교 가기 전에 가볍게 스트레칭을 하고 등교했다. 오늘도 신나는 야구가 그를 기다리고 있었다.

＊　　　　＊　　　　＊

송치호는 놀랍게 달라진 자신의 구질에 매우 만족했다. 삼열을 따라 이상영의 야구교실에 참가해서 투구폼을 교정받고 나니 들쭉날쭉하던 제구력이 안정적으로 변했다.

제구에 자신감을 가지게 되자 공의 위력이 상상하지 못할 정도로 좋아졌다.

어떻게 투구폼 하나 달라졌다고 구속이나 구질이 그렇게 달라지는지 지금도 이해가 되지 않았다.

그래서 그는 삼열이 투구 연습에 많은 시간을 투자하는 것을 보고 따라 하기 시작했다. 특히 새로 교정한 투구폼이 변하지 않도록 정성을 쏟았다.

처음에는 그도 삼열이 별로 마음에 들지 않았다. 공부도 잘하면서 야구를 하는 것에 거부감이 들기도 하였고, 야구를 고2에 시작한다는 것에서 기분이 상했다. 어려서부터 치열하게 운동을 해온 그로서는 삼열이 장난으로 야구를 한다는 느낌 때문에 굉장히 기분 나빴던 것이다.

하지만 시간이 지나면서 삼열이 얼마나 많이 노력하는지를 알게 되고 그가 엄청나게 변하기 시작하자 더 이상 미워할 수 없게 되었다.

그리고 이제는 삼열이 덕분에 이상영의 도움을 받아 프로에서도 인정받을 수 있는 구위를 가지게 된 것에 무척 감사한 마음이 들었다.

물론 단순히 구질이 좋다고 프로야구 세계에서 성공할 수 있는 것은 아니지만, 그래도 희망이 생긴 지금은 한결 여유가 생겼다.

삼열은 포크볼의 그립도 쥐어보고 싱커와 컷 패스트볼의 그립도 잡아보았다.

물론 던지지는 않았다.

지금은 투심과 포심, 그리고 커브를 완전하게 익히는 것이 더 중요했다. 또한 강속구를 던질 수 있다고 해서 너무 많이 던지면 부상의 위험이 있다고 이상영에게 들어서 조심하고 있다.

짐 팔머가 그 예다. 아메리칸 리그에서 세 번이나 사이영상을 수상한 그는 어린 나이에 너무 많은 강속구를 뿌리다가 그만 어깨가 고장 나고 말았다.

그 후 아주 힘들게 재기에 성공한 그는 제구력 투수로 변신하였다.

더 이상의 강속구는 없었지만 슬라이드와 체인지업, 그리고 커브로 상대 타자를 농락했다.

투수는 상대 타자의 타이밍만 뺏으면 되지, 굳이 놀란 라이언처럼 상대를 겁박하며 삼진을 잡을 필요는 없다. 엄청난 강속구를 가진 놀란 라이언은 실제로 5,714개의 삼진을 잡은 반면 2,795개의 볼넷을 허용하기도 했다. 승리도 많지만 패배도 많이 했다는 것이 중요하다.

삼열은 사이 영이 위력적인 강속구를 가지고 있음에도 불구하고 더 많은 이닝을 소화해 내기 위해 삼진을 포기한 것에 감명을 받았다.

사이 영이 다섯 번이나 30승을 하고 22시즌 동안 511승을 한 반면 놀란 라이언은 324승을 했다. 물론 시대가 다른 것은 별도이다.

삼열은 학교로 걸어가면서 공을 쥐었다. 포심 패스트볼로 잡았다가 다시 투심 패스트볼 그립을 잡기를 반복했다.

요즘 들어서 동일한 포심이라도 손가락의 힘에 의해, 또는 실밥을 어떻게 잡아채는가에 따라 공이 미묘하게 달라진다는 것을 알게 되었다.

이는 직구보다 변화구가 더 심했다. 결국 직구도 변화구도 그립을 동일하게 잡아도 손목의 힘과 손가락의 힘을 이용하여 다양한 구질의 공을 던질 수 있다는 것을 알게 된 것이다.

아직은 그 차이를 의도적으로 다르게 만들어낼 수는 없지만 이제 감을 잡았다.

삼열은 이 사실을 알고는 무척이나 감격했다. 이 모두가 늘 야구공을 손으로 가지고 놀았기에 가능한 일이다. 반복적인 노력이 가져온 익숙함은 기적을 만들었다.

마음이 급했지만 삼열은 그럴수록 기본에 더 충실하기로 했다. 누구보다도 자신이 야구를 하는 데 유리하다는 것을 이제는 알고 있기 때문이다.

키가 작은 투수는 팔이 짧기 때문에 지렛대 효과가 약하다. 그래서 자연히 투구할 때 몸에 무리가 가는 과격한 동작을 하게 된다.

작은 체구에서 큰 힘을 뽑아내려면 몸이 무리할 수밖에 없다. 삼열은 그 사실을 너무나 잘 알고 있었다.

제구력이 좋은 투수의 투구 동작은 물 흐르듯 자연스럽다. 이것은 그만큼 투구 훈련을 많이 했다는 뜻이다.

투구의 메커니즘을 연구해서 자신에게 가장 잘 맞는, 몸에 무리가 가지 않는 투구폼을 찾아서 익혀야 제구력이 안정된다는 말이다. 그래서 삼열은 죽어라 투구 연습을 하고 또 했다.

제구력만 받쳐 준다면 직구 하나만 던져도 타자가 제대로 칠 수 없다. 송곳같이 구석을 파고들면 알면서도 치기 힘든 게 야구다.

하지만 제구력이라는 게 투수 마음대로 되는 것은 아니다. 그날의 컨디션에 따라 잘되는 공이 제각각이다. 그래서 투수에게는 여러 종류의 구질이 필요한 것이다.

예를 들어 커브와 직구밖에 던지지 못하는 투수가 있는데 그날따라 변화구가 말을 안 들으면 결국 투수는 직구 하나로 승부해야 한다. 이렇게 되면 해보나마나 승부는 뻔하다.

이런 이유로 삼열은 요즘 체인지업이나 컷 패스트볼에 관심이 갔다.

체인지업은 메이저리그에 가면 가장 필수적으로 배우는 구질 가운데 하나다. 직구 동작으로 상대 타자의 타이밍을 뺏는 공이 체인지업이기 때문이다.

변화구는 던지는 팔의 각도가 직구와는 아무래도 차이가

난다.

*   *   *

삼열은 학교에 도착하여 아침 조회를 하였다. 3학년이 되어서도 담임은 장명곤 선생이다.

장팔봉 교장의 아들인 그가 담임이 되어야 아무래도 삼열이 편할 것 같아 그렇게 배정한 모양이다. 그래서 삼열은 작년과 동일하게 아침부터 마음 편히 훈련에 임할 수 있게 되었다.

삼열이 운동장에 나오면 2층의 1학년 교실에서 이수애가 창문을 통해 그를 훔쳐보곤 하였다. 더욱이 지난주에 야구 시합이 벌어진 후로는 그에 대한 관심이 남학생들은 물론 여학생들 사이에서도 높아졌다.

수애의 눈에 비친 삼열은 아주 독특한 개성을 가진 멋진 천재였다.

'어머, 오늘도 아침부터 훈련이네. 너무 멋져.'

그 모습을 보고 말숙이 혀를 끌끌 찼다.

"정신 차려라, 이것아."

"흥, 내 마음이거든."

"에휴, 어련하겠니."

말숙의 관점에서는 저렇게 예쁜 애가 키만 멀대같이 큰 삼열을 좋아하는 것이 이해가 가지 않았다.

남학생들이 매일같이 갖다 바치는 선물과 편지는 거들떠보지도 않으면서 저런 멀대를 좋아하는 것은 아무리 생각해도 수애의 취향이 특이하다고밖에 볼 수 없었다.

눈빛을 보니 마치 서방님 바라보는 사모의 정이 넘쳐흐르기에 조만간 수애가 사고를 칠 것으로 생각되었다.

'나도 저 멀대가 네 마음을 받아줬으면 좋겠다.'

말숙은 친구가 마음의 상처를 받지 않았으면 했다. 그러면서 생각했다.

'여자는 자기를 좋아하는 남자를 사귀어야 도도하게 굴 수 있는데. 하긴 지가 좋다는데 어쩌겠어?'

말숙이 흘깃 보니 운동장에는 따스한 햇살이 눈부시게 빛나고 있다. 거기에 멀대가 언제나처럼 오늘도 뛰고 있다.

육체를 혹사시키는 삼열만의 훈련법은 그를 제외하고는 누구도 따라 할 수 없었다. 왜냐하면 그들은 삼열의 몸속에 있는 신성석이 없으니까.

삼열은 요즘 심장에서 뜨거운 불꽃이 타오르는 것 같은 느낌을 받았다. 그것은 육체가 깨어질 것 같은 고통을 느낄 때마다 아주 조금이지만 커져갔다.

그 불꽃은 마치 살아 움직이기는 불의 정령 살라맨더처럼 으르렁거리며 늘 그의 몸을 돌아다니면서 그의 육체를 강하게 만들었다.

씨앗이 발아하면 씨앗 속에 숨어 있던 원형이 나타나기 시작한다.

콩은 콩으로, 사과 씨앗은 사과나무로 성장하여 새로운 열매를 만들고 다시 씨앗을 만들 듯이, 불꽃은 그의 몸에 새로운 생명의 기운을 만들어내고 있었다.

오후가 되자 먹구름이 몰려왔다. 바람을 동반한 비를 뿌리자 금방 날씨가 쌀쌀해졌다.

삼열은 비를 맞으며 운동하기에는 아직은 무리라고 판단하여 야구부실에서 투구 연습을 하기 시작했다.

비 때문에 야구부의 오후 훈련은 취소되었다. 대신 부실 안에 모여 유승대 감독과 함께 성원고와의 시합을 준비했다.

아직은 성원고에 대한 자료 분석이 완전히 끝나지 않아서 투수에 대한 것밖에 없었다. 에이스인 윤석원이 130km/h 후반대의 공을 던지며 낙차가 큰 커브를 던진다는 사실만 알 수 있었다.

유승대 감독은 이럴 경우 커브와 직구 둘 중의 하나를 확실히 노려서 쳐야 한다고 말했다. 한 타자에게 커브만 던지는 경우는 거의 없으니 커브보다는 직구를 노리라고 했다. 이유는 야구부원들이 아직 낙차가 큰 커브를 칠 만큼의 실력이 되지 않기 때문이다.

삼열은 윤석원이 자신과 비슷한 투수가 아닐까 생각했다. 그도 직구와 낙차가 큰 커브를 주 무기로 삼고 있으니 말이다.

야구부원들이 가만히 앉아 감독의 말을 듣는 중에도 삼열은 꾸준히 손목 운동과 손가락의 힘을 올려주는 운동을 했다.

이 운동은 귀찮기는 하지만 언제 어느 곳에서나 할 수 있다는 장점이 있었다.

집으로 돌아와 러닝머신에서 죽을 정도로 뛰었다. 이제는 오랫동안 뛰기보다는 빠르게 뛰어 운동의 강도를 높였다. 배워야 할 것이 많아서 예전처럼 하루 종일 뛸 시간적인 여유가 없었기 때문이다.

그리고 사실 오래 뛰는 것보다는 자신의 체력 최고치에 근접하게 운동할수록 효과가 있다.

삼열의 경우, 하도 오랫동안 하루도 빠지지 않고 러닝을 해왔기에 순간 가속을 이용하여 최고치에 이르는 시간이 예전과는 비교할 수 없을 정도로 빨라졌다. 그만큼 심장이 강해진 것이다. 물론 일반인이 이렇게 훈련하면 몸에 무리가 갈 수 있으나 삼열은 예외였다.

그래도 두 시간 동안 최고 속도에서 70%의 힘으로 달리다가 마무리할 때 80%까지 끌어올리자 갑자기 심장이 따뜻해지며 몸이 불 속에 갇힌 것처럼 뜨거워졌다.

가끔은 심장이 따끔거려서 삼열은 자신의 몸이 잘못되는 것이 아닌가 걱정했지만 다행스럽게도 그런 일은 일어나지 않았다.

온몸이 뜨거워지며 머리에서부터 발끝까지 뜨거운 불로 마사지를 받은 느낌이 들 무렵 갑자기 몸이 상쾌해지기 시작했다. 마치 무더운 여름날 시원한 바람이 분 듯한 느낌이다.

불끈.

심장이 따뜻해지면서 청량한 기운이 몸 전체를 감쌌다. 마치 벽 하나가 무너진 느낌이다.

"혹시?"

삼열은 러닝머신에서 내려와 샤워하면서 자신의 몸을 살펴보았다. 육안으로 보기에는 별로 달라지지 않았지만 삼열은 자신의 몸이 달라진 것을 느꼈다. 이전에는 없던 힘이 불끈거렸기 때문이다.

"미카엘의 말대로 조금 나아진 것인가? 그렇다면 그가 준 씨앗이 성장한 건가?"

잠시 쉬고는 다시 한 번 러닝머신에서 뛰어보니 역시나 이전보다 몸이 가볍고 속도도 조금 올라갔다.

딩동.

문을 여니 수화가 비에 젖은 채로 삼열을 바라보고 있다.

"아, 수화 씨."

"응."

"왜 이리 비를 맞았어요?"

"너 보고 싶어서 빨리 뛰어왔어. 오늘은 마침 리포트가 없는 날이거든. 오늘 비가 왔으니까 네가 일찍 오지 않을까 하고 서둘러 왔어."

삼열은 수화를 방 안으로 이끈 후 그녀가 오면 입는 편한 옷을 꺼내주었다.

샤워를 끝내고 나온 수화는 옷을 갈아입지 않고 알몸으로 삼열의 앞에 섰다.

"옷 안 입어요?"

"네가 안아주면 되잖아."

"아, 물론이죠."

삼열은 말이 끝나자마자 수화를 안고 이마에 가볍게 입을 맞추었다.

수화가 몸을 기대면서 비비자 삼열은 후끈 달아올랐다. 귀엽게 얼굴을 붉히는 수화가 사랑스러워 껴안고 입을 맞추었다. 온몸이 불에 덴 듯 흥분되기 시작한다.

수화는 삼열의 가슴에 손을 올려 살며시 더듬었다.

"아, 내 사랑. 너를 원해."

"저도요. 너무 좋아요."

"나도 어제부터 네 생각만 했어. 우리는 너무 잘 어울리는 것 같아."

"맞아요."

둘은 서로를 더듬으며 말했다. 동조하고 위하는 말은 상대 방을 기분 좋게 만든다.

열풍의 시간이 지나간 뒤에도 두 사람은 한동안 서로를 껴 안고 있었다. 편안함이 따스한 봄날의 햇살처럼 둘 사이에 내 려앉았다.

그사이 내리던 비가 그쳤다.

수화가 삼열의 가슴을 어루만지며 말했다.

"너무 멋졌어."

"정말요?"

"응, 황홀했어."

수화의 말에 삼열은 왠지 자부심이 느껴졌다. 어깨에 힘이 들어가며 기분이 좋아졌다.

"우리 이렇게 평생 살 수 있을까?"

"물론이죠."

"정말 이렇게 행복했으면 좋겠어. 아기가 생기면 부부는 아 이들에게 신경을 쓰느라고 서로에게 소홀해진대."

"그래요?"

"응, 우리는 안 그랬으면 좋겠다."

"그렇게 되지 않을 테니 안심하세요."

"응, 난 너를 믿어."

아직 저녁 시간이 되지 않았는데도 시장함을 느낀 삼열은 일어나 밥을 하고 음식을 만들었다.

등심 스테이크와 두부, 멸치, 고추볶음, 김치가 식탁 위에 차려졌다.

"여전히 고기는 안 빠지네."

"어쩔 수 없어요. 그래서 콩 종류를 많이 먹으려고 해요."

"그래, 네가 운동선수니까. 그런데 나도 너 따라 먹다 보니 살이 찌는 것 같아."

"하나도 안 쪘어요."

"2kg이나 늘었어."

"그래요? 전혀 모르겠는데요."

"쳇."

수화가 눈을 흘기며 고기를 입에 넣었다.

밥을 먹고, 커피를 마시고, 같이 TV를 보다가 다시 눈이 맞은 남녀는 또다시 서로에게 달려들었다. 서툰 청춘은 멈추는 법을 배우지 못했다.

　　　　*　　　　　*　　　　　*

　시합이 있는 날인데 날씨가 흐렸다. 일기예보에 비는 오지 않을 거라고 했는데 느낌상 올 것 같은 날이다. 삼열은 차 안에서 하늘을 보며 걱정했다.

　'아침부터 하는 경기인데 설마 비가 오겠어?'

　열 시에 경기가 시작이라 평소보다 조금 일찍 일어나 서둘러 등교했다. 그리고 버스를 타고 목동 경기장까지 오는데 출퇴근 시간인지 차가 밀려 시간이 좀 지체되었다.

　아무리 학생이라 해도 시합이 열 시에 잡힌 것은 무리가 있었다.

　몸도 제대로 풀지 못하고 경기에 임하게 되는 것이다. 잘못하면 부상을 당할 수도 있었다.

　"비가 오지 않았으면 하네요."

　송치호가 삼열의 옆자리에 앉아 말했다. 요즘 들어 그는 삼열에게 호의를 보이고 있었다. 먼저 식당에 가서 밥을 타주거나 하는 일이 잦았다.

　"그러게 말이야."

　삼열도 걱정되는 얼굴로 대답했다.

　비라도 오면 투수들은 타자보다 배나 힘들다. 물기를 먹은 공은 무거워지고 어깨 근육이 수축되어 부상의 위험이 더 많아지기 때문이다.

물론 마음만 먹으면 스핏볼을 던질 수도 있어 좋지만 아직 아마추어라 공에 물을 발라 타자를 속일 생각까지는 하지 못 한다.

공에 침이나 바셀린 같은 이물질을 묻혀 던지면 회전이 강 하게 늘어간다.

부정 투구로 유명한 게일로드 페리는 22시즌을 메이저리그 에서 보내면서 314승을 했다.

그는 싱커와 슬라이드를 가지고 상대 타자를 농락했는데, 바셀린을 몸 어딘가에 숨겨두고 공에 발랐다고 한다. 하지만 이는 심리전이다. 그는 메이저리그 선수 생활 중 단 한 번밖에 부정 투구로 퇴장당하지 않았다.

아무튼 공에 이물질을 묻혀 던지면 공의 위력은 확실하게 증가한다.

겨우 경기 30분 전에 도착하여 옷을 갈아입고 허겁지겁 몸 을 푼 뒤 경기를 준비했다. 삼열이 보니 상대 팀의 사정도 별 반 다르지 않았다.

오늘도 선발은 송치호라는 말을 듣고 삼열은 운동장을 있 는 힘껏 뛰었다. 아침에 늘 하던 러닝을 하지 않았더니 몸이 찌뿌드드했다.

성원고의 선수들은 놀란 눈으로 삼열이 뛰는 것을 살펴보았다. 그 속도가 마치 육상선수만큼이나 빠른 탓이다.

"뭐야, 육상 선수야?"

"×발, 졸라 빠르다."

"헐~ 대박! 야구 하지 말고 차라리 육상을 할 것이지."

"×발, 주루 플레이 하나는 죽이겠는데?"

삼열이 뛰는 것을 보며 모두 한마디씩 했다.

삼열은 경기장을 한 바퀴 전력 질주했지만 그다지 숨이 차지 않았다.

어제 싹튼 씨앗이 그의 몸을 한 단계 업그레이드시켜 줬기 때문이다.

'괜찮은데?'

전이라면 지금보다 배는 더 숨을 헐떡거렸을 것이다. 하지만 이제는 그렇지 않았다. 조금 힘이 들긴 했지만 참을 만했다.

사람들이 자신을 바라보고 있지만 삼열은 신경 쓰지 않았다. 남이 뭐라 하든, 어떤 눈빛으로 쳐다보든 신경을 끊은 지 오래였다.

"형, 괜찮으세요?"

주장인 김오삼이 조심스럽게 물어봤다.

"응? 뭐가?"

"너무 빨리 달리셨잖아요."

"늘 하던 건데, 뭘."

"그래도……."

"준비해야지."

"네, 오늘도 잘해주세요."

"알았어. 걱정하지 마."

경기가 시작되었다. 이번에는 대광고가 선공이다.

상대 투수 윤석원은 역시나 잘 던졌다. 삼진 두 개에 내야 안타 한 개, 그리고 내야 땅볼로 깔끔하게 이닝을 마무리했다.

큰 키에서 지르는 직구의 위력이 상당했다. 구속은 아주 빠르다고 할 수 없었지만 제구가 제대로 되고 있었다. 게다가 예리한 변화구가 타자들의 눈을 현혹시켰다.

"와우, 대단한데요."

"그러게."

삼열이 봐도 고교야구에서는 몇 안 되는 정상급 투수라 할 수 있었다. 고교야구에서는 굳이 송치호처럼 145㎞/h까지 던질 필요가 없다.

아직 몸의 성장이 완전히 끝나지 않은 학생 시절에 구속을 무리하게 뽑아서 던질 필요는 없다. 닭 잡는 데 굳이 소 잡는 칼을 쓸 필요가 없는 것이다.

그렇게 보면 윤석원은 고교야구에서 무리하지 않고 통할

수 있는 공을 던지고 있었다.

"생각보다 고수가 많구나."

"그래도 성공하는 사람은 극소수예요. 타자는 그래도 좀 나은 편이지만, 투수는 고교야구에서 혹사당하다가 막상 프로에서는 죽을 쑤는 경우가 많죠."

"하긴."

2학년인 박병찬이 삼열의 옆에서 경기를 보면서 말했다.

병찬은 2학년이지만 실력이 좋아 곧 주전이 될 것이다. 지금 2루수인 남우열과 포지션이 겹쳐 후보가 되었을 뿐이지 다른 팀에 가면 당장 주전이 될 실력을 갖고 있다.

병찬은 중학교 때 투수를 하다가 어깨를 다쳐서 야구를 그만두었었다. 그래서 명문 야구부가 있는 학교로 진학하지 못하고 대광고등학교에 들어왔다.

야구에 대한 열망을 떨쳐 내지 못한 그는 타자로 전향해서 야구부에 들어왔다.

사정이 그러하니 1학년 때는 두각을 나타내지 못하다가 2학년이 되어서야 비로소 타자로서의 재능을 발휘하기 시작했다.

하지만 프로와 달리 고등학교는 대학 진학을 염두에 두어야 하기에 실력 차이가 크게 나지 않는 한 고3인 남우열을 쓰지 않을 수 없다.

공격력은 병찬이 조금 나은 편이지만 그렇게 크게 차이 나는 정도가 아니기에 그가 시합에 나가기는 쉽지 않았다. 그래서 그는 이미 승패가 결정된 경기에 나가서 경기 감각을 익히고 있는 중이다.

송치호는 에이스로 거듭났다. 제구가 확실한 강속구가 들어가자 성원고 선수들은 쉽게 손을 대지 못했다. 역시 그는 삼진 두 개에 외야 플라이로 1회를 끝냈다.

야구는 투수 놀음이라는 말처럼 각 팀의 에이스가 던지는 공을 어지간한 타자들은 손도 대지 못했다.

3회까지 득점 없이 0 : 0으로 끝나 가는데 비가 쏟아지기 시작했다.

혹시나 했는데 역시나 일기예보가 틀린 것이다. 경기가 중단되고 양 팀 선수들은 각자의 더그아웃에 들어와 쏟아지는 비를 초조한 맘으로 바라보았다.

비가 쏟아지자 송치호는 겉옷을 입고 웅크린 자세로 마운드를 걱정스러운 눈빛으로 바라보고 있다.

"긴장 풀어."

"아, 네. 금방 그칠 비는 아닌 것 같아요. 어깨가 굳어질까 걱정이에요."

"그러겠네."

그때 유승대 감독이 학생들을 바라보며 말했다.

"비가 계속 오면 경기가 취소되겠지만, 그래도 몸이 굳어지지 않게 적당히 움직여 주도록 해라. 특히 투수인 송치호는 명심하고."

"네, 감독님."

타자들은 유승대의 말에도 어깨 한두 번 돌리고 좌우로 허리를 움직이는 것으로 끝이었지만, 송치호는 2, 30분마다 일어나서 어깨를 위아래로 돌리며 풀어주었다.

한 시간이 지나서야 게임이 속개되었다.

그동안 쉬어서인지 상대 팀 투수의 공이 이전과 확실히 달라졌다. 대광고 선수들은 그 틈을 놓치지 않고 공략해 4회 초에만 4점을 냈다.

송치호는 1점을 내주는 선에서 호투했다. 5회가 되어 윤석원은 다시 제구를 찾았지만 이미 늦은 감이 있었다.

6회가 되어 송치호가 흔들리자 삼열이 마운드에 서게 되었다.

"어라, 저 새끼, 투수였어?"

"×발, 그러네."

성원고 더그아웃에 있는 선수들은 마운드에 선 삼열을 보고 놀랐다. 엄청난 주력을 가진 그가 투수라고는 생각하지 못한 것이다.

"저 새끼, 광속구 던지는 놈 아냐?"

"달리기 잘한다고 공 잘 던지냐?"

"그건 아니지만 어쩐지 잘 던질 것같이 생긴 놈인데."

"얼굴로 공 던지냐?"

"하긴."

성원고 더그아웃에서 잡담을 나누던 학생들은 이어진 삼열의 행동에 분노했다.

"어, 저 새끼가 그 잡놈이었나?"

삼열이 손가락 세 개를 3루를 향해 내민 것이다.

"소동아, 홈런 때려라!"

"보내 버려!"

삼열은 소리치는 상대 팀 선수들을 보고는 피식 웃었다.

어차피 그런 것에 신경 쓸 그가 아니다. 그리고 삼구로 삼진시키려는 의도는 사실 있었지만 안 해도 그만이다. 그래서 초구를 굳이 스트라이크로 잡겠다는 의도도 그다지 크지 않았다.

'자, 가보자.'

삼열은 천천히 와인드업 했다. 그리고 공이 부드럽게 날아갔다.

펑!

"스트라이크."

공이 타자 앞에서 푹 떨어졌다. 변화구의 각이 너무 커서 타자는 미처 반응도 하지 못했다.

1번 타자 장소동은 눈을 동그랗게 뜨고 삼열을 바라보았다. 진짜로 변화구를 던졌는데 볼처럼 날아오더니 타자 앞에서 스트라이크 존으로 팍 변했다. 공을 던질 때부터 볼이라고 생각했기에 칠 생각을 하지 않았다.

삼열은 다시 손가락 두 개를 들었다.

"끙."

장소동은 이번에 직구가 올 것을 알았다. 이런 경우 대부분 직구다.

그의 예상대로 직구가 들어왔다. 그러나 공은 한참 스트라이크 존을 벗어났지만 그의 방망이는 공기를 갈랐다.

삼열은 다시 손가락 하나를 흔들었다. 이제 장소동은 헷갈렸다. 투수의 표정을 보니 방금 전에 던진 공은 실투가 아니었다.

다시 타격 자세를 취하면서 한껏 노리고 있는데 몸쪽으로 날카롭게 공이 날아왔다.

장소동은 자신도 모르게 방망이를 휘둘렀다. 하지만 이미 공은 지나간 다음이었다. 몸쪽으로 붙는 꽉 찬 직구였다. 그냥 두어도 스트라이크가 될 공이었다.

"와우, 삼열이 형 죽이는데?"

"×발, 존나 멋져 보이네."

대광고 더그아웃에서는 후보 선수들이 삼열의 공에 찬사를 보냈다. 박수까지 나왔다. 반면 성원고 선수들에게서는 욕설이 튀어나왔다.

"어땠어?"

삼진으로 물러난 장소동이 다음 타자에게 말했다.

"저 새끼, 트릭이야."

"뭐?"

"저 새끼 손가락 보지 말고 네 소신껏 쳐."

"뭔 소리야?"

2번 타자 왕종근이 중얼거리며 타석에 들어섰다. 타석에 들어서니 삼열이 그를 바라보며 웃었다.

'×발, 쪼개기는.'

삼열은 손가락 세 개를 들어 살랑살랑 흔들었다. 왕종근은 반드시 공을 치겠다는 마음으로 몸을 앞으로 붙였다. 그러나 무시무시한 공이 그의 허리로 날아와 기겁하며 뒤로 피했다.

"볼."

왕종근은 그제야 상대 투수가 일부러 위협구를 던진 것을 알았다. 피하지 않았다면? 생각하기도 싫을 정도로 무시무시한 공이었다.

상대 투수가 또라이 같으니 화도 내지 못했다. 일부러 위협구를 던진 놈에게 무슨 말을 한단 말인가.

2구 역시 몸쪽으로 꽉 찬 직구가 들어오자 왕종근은 스트라이크라는 생각에 배트를 휘둘렀다.

무브먼트가 심한 공이라 방망이에 맞았지만 힘없이 3루 쪽으로 굴러갔다. 3루수 오종록이 뛰어나와 공을 잡아 가볍게 1루에 송구하였다.

"아웃."

가볍게 두 명의 타자를 잡고 삼열은 세 번째 타자를 맞이하였다. 3번 타자는 교타자로 이미 널리 알려진 장종욱이었다.

'저놈이 내 과지. 투수로 하여금 공을 많이 던지게 한다는.'

삼열은 타자를 노려보았다. 이런 타자는 일단 투 스트라이크를 먼저 잡아놔야 방망이가 급해진다. 삼열이 공을 던졌다. 공이 총알처럼 빠르게 날아갔다.

펑!

"스트라이크"

공이 바깥쪽으로 꽉 차게 들어가 포수의 미트에 잡혔다.

이번에는 몸쪽으로 변화구를 던졌다.

딱!

빗맞은 공이 유격수 앞에 떨어지자 유민수가 잡아 1루로 던져 가볍게 타자를 잡았다.

정말 그의 말대로 세 명의 타자를 모두 삼진으로 잡지는 못했지만 타자를 모두 3구만에 잡아냈다. 심리 싸움에서 삼열이 이긴 것이다.

원래 그는 자신의 구위라면 쉽게 갈 수 있을 것으로 생각했다. 하지만 조금 더 쉽게 가기 위해 그와 같은 모션을 취했다.

이와 같이 행동하면 좋은 점이 하나 있는데, 쉽게 유명해진다는 것이다. 비록 악명일지라도 실력으로 커버하면 된다고 삼열은 생각하였다.

비록 2번 타자의 공이 외야 플라이로 아웃되었지만 중심에 제대로 맞은 공이었다.

3번 타자 상원이 안타를 쳐서 1루로 나갔고, 4번 타자 강태식이 2루타를 때리자 박상원이 바람처럼 달려 홈에 들어왔다.

성원고의 에이스가 마침내 무너졌다. 비를 맞고서도 계속 공을 던졌기 때문에 제구가 잘되지 않은 이유도 있지만 대광고 선수들이 잘 치기도 했다. 지난 몇 달간 훈련을 강하게 한 효과가 나타난 것이다.

1점을 더 내주고 윤석원이 내려가자 더 이상의 득점은 없었다.

이는 투수가 잘 던져서가 아니라 오히려 제대로 제구가 안된 공을 타자들이 만만하게 보고 성급하게 휘둘러 당한 탓이 더 컸다.

"자, 그럼 출격하러 나가볼까."

삼열은 공수가 교대되자마자 마운드에 올라 상대 타자들을 농락하였다.

직구를 기다리면 변화구를 던지고, 변화구를 노리면 직구를 던졌다. 게다가 투심을 주로 던지기에 맞아도 장타가 나오기 힘들다.

삼열이 나오면 대광고의 수비진이 알아서 철벽 방어를 하고 있으니 그는 마음 놓고 공을 던졌다. 삼진을 당할 때마다 성원고 학생들은 분노했다. 삼열의 거만하고도 얄미운 표정에 저절로 주먹에 힘이 들어갔다.

2번 타자 왕종근은 삼진을 당하고 더그아웃으로 돌아오면서 바닥에 놓여 있는 물통을 발로 찼다.

"×발 놈, ×새끼, 죽여 버리고 말겠어."

"참아. 복수는 내가 해줄게."

"뭐?"

"너만 저 새끼 갈아 마시고 싶은 것 아니니까."

성원고의 3번 타자 나일문이 타석에 들어서자 다음 타석에 서야 하는 장덕수가 마운드에 거만한 표정으로 서 있는 삼열을 보며 말했다.

'×발, 어차피 게임은 끝났어. 하지만…….'

그의 눈은 맹수의 그것처럼 활활 타오르고 있었다.

삼열은 3번 타자를 2구 범타로 처리하고 세 번째 타자를 맞이했다.

'흠, 이상하군.'

삼열은 4번 타자 장덕수가 자신을 노려보며 비열하게 웃는 것이 왠지 꺼려졌다. 마치 뭔가 일을 벌일 것 같은 느낌이 들었다. 하지만 심판도 있는데 무슨 일을 할 수 있을까 하고 공을 던졌다.

펑!

"스트라이크."

타자의 눈이 반짝거리는 것이 영 이상하여 삼열은 조심해야겠다고 생각하며 패스트볼을 던졌다.

"억!"

"헉!"

사방에서 다급한 소리가 터져 나왔다. 타자의 방망이가 무서운 속도로 그를 향해 날아온 것이다.

"어이구!"

삼열은 자신도 모르게 주저앉았다. 그러자 바람을 가르는 요란한 소리가 그의 머리 위로 지나갔다.

"휴."

삼열은 나지막하게 한숨을 내쉬며 타석에서 장덕수가 주심에게 실수라며 연신 머리를 조아리는 모습을 보았다.

하지만 삼열은 그것이 고의였다는 것을 알고 있다. 왜냐하면 시합이 속개되면서 그가 비열한 미소를 짓는 것을 보았기 때문이다.

'흠, 의도적이었군.'

삼열은 그를 향해 엄지손가락을 치켜들었다. 장덕수는 타석에서 그의 행동을 보고 눈이 뒤집혔다. 그가 삼열에게 뛰어가려고 하는데 갑자기 공이 들어왔다.

"볼."

갑자기 공이 이전과 다르게 스트라이크 존에서 한참을 벗어나 들어왔다.

다음 공도, 그다음 공도 마찬가지다.

장덕수는 결국 볼넷으로 1루로 걸어나갔다. 투수를 보니 희미하게 웃고 있다.

'젠장, ×발 놈. 무슨 짓이냐?'

잠시 후 1루에서 장덕수가 도루를 하려고 준비하는데 갑자기 '악!' 하는 소리와 함께 5번 타자 최수종이 쓰러졌다. 그리고 삼열이 주심을 향해 실투라고 말하며 미안하다는 표정으로 고개를 주억거리는 것이 보인다.

'저 새끼, 고의로 그런 거야.'

장덕수가 마운드로 뛰어가 그를 향해 주먹을 휘두르려는 순간 1루수 원도훈이 그를 쫓아와 잡았다.

성원고의 더그아웃에서도 선수들이 뛰어나오고 대광고에서도 마찬가지로 선수들이 뛰어나왔다. 삽시간에 경기장은 난장판이 되었다.

심판들의 개입으로 불과 3분 만에 해프닝으로 끝났지만 여전히 두 팀은 서로를 노려보고 있다.

최수종이 그제야 일어나 1루로 걸어갔다. 다리를 절며 걸어가면서 인상을 쓰고 있다. 엉덩이가 깨질 것같이 아팠던 것이다.

결국 그는 아픔을 참지 못하고 주저앉아 잠시 쉬었고, 게임은 잠시 중단되었다.

"어때?"

성원고의 장동연 감독이 걱정스러운 표정으로 물었다.

"이제 괜찮아요. 휴~"

"바꿔주지 않아도 되겠어?"

"네, 이제 괜찮아요."

다시 일어서서 몸을 점검해 보니 그다지 무리가 없다. 살이 많은 엉덩이에 맞은 것이 그나마 다행이었다.

"저 새끼, 고의가 틀림없어요."

"알고 있다. 하지만 참아라."

장동연 감독은 화가 났지만 참았다. 장덕수의 행동도 고의였다는 것을 알고 있는 그로서는 이런 고의성 히트 바이 어피치드 볼에 항의하기가 난감했다.

장덕수의 방망이는 누가 봐도 삼열의 공보다 더 고의적이었다. 주심이 아무런 말도 하지 않고 넘어가 준 것만 해도 그로서는 감지덕지였다.

6번 타자도 공에 어깨를 맞고 인상을 쓰며 1루로 걸어왔다. 포수 심재명이 일어나 마운드 쪽으로 올라왔다.

"형, 어떻게 된 거예요?"

"그냥. 걱정하지 마. 이번에는 삼진으로 잡아버릴 테니까."

"아, 네. 형만 믿어요."

"그래."

심재명이 다시 앉았다. 2사 만루의 상황이 되어버렸다. 홈런 한 방이면 어떻게 될지 모른다. 6 : 0이지만 야구란 끝나기 전까지는 모르는 법이다.

그때부터 삼열의 공이 무섭게 변하기 시작했다. 이전의 공은 마치 장난이었다는 듯 타자가 타석에 그대로 서서 삼진을 당했다.

"와우, 대단한데?"

"헐~ 대박! 언터처블이야. 저런 공을 가지고 있으면서 왜 안 던졌지?"

삼구 삼진. 그것도 직구 세 개로 끝을 내버린 것이다.

더그아웃에 들어오자 놀란 송치호가 삼열을 바라보며 말했다.

"형……."

"왜?"

"굉장했어요."

"내가 원래 한 인물 하잖아?"

"그렇죠."

송치호는 삼열의 건방진 자기 칭찬에도 쉽게 고개를 끄덕였다. 육안으로 봐도 거의 150km/h에 육박하는 공이었다.

자신의 공은 빠르지만 가벼워 맞으면 장타가 나올 가능성이 있어서 요즘은 체력 보강에 더욱 매진하고 있는 중이다.

그런데 삼열의 공은 빠르면서도 무거웠다. 소리만 들어봐도 누구나 알 수 있을 정도로 차이가 났다.

유승대는 놀란 눈으로 삼열을 바라보았다. 그는 그동안 삼열이 제구가 안정적이긴 해도 절대로 파워 피처는 아니라고 생각했다.

제법 공이 빨라졌다 해도 135km/h에서 왔다 갔다 했기 때문이다.

그 정도면 고교야구에서 그냥 통할 정도의 선수라 보고 있었다. 송치호가 투구폼을 교정하기 전에 던지던 직구의 구속이 130km/h 후반 대였으니 말이다.

'괴물이군. 그동안 구속을 속여 온 거야.'

유승대는 도대체 왜 삼열이 그동안 자신의 구속을 속였을까 생각해 보았다.

뚜렷하게 짚이는 것은 없다. 다만 약은 놈이니 어깨를 보호하려는 의도인 것 같다. 그 외의 다른 이유는 없어 보였다.

8회에 대광고가 다시 1점을 내고 삼열이 9회를 마무리했다. 7 : 0의 압도적인 승리였다. 비록 중간에 비가 와서 어부지리로 점수를 얻기는 했지만 실력 면에서도 대광고가 한 수 위였다.

불과 1년도 안 돼서 대광고 야구부는 엄청나게 달라져 있었다. 방학 내내 훈련을 게을리 하지 않은 결과가 이렇게 나타난 것이다.

마운드에서 내려오는 삼열을 향해 모두가 축하의 하이파이브를 했다.

대광고 선수들은 정말로 기뻐하며 즐거워하였다. 방학 동안 삼열이 한 협박에 짓눌려 어디 놀러 가지도 못하고 죽어라 운동장을 돌았다.

어느 운동이든 기초가 중요하다. 그중에서도 체력 훈련이 가장 중요했다.

체력이 오른 덕에 대광고 선수들의 하체는 안정적으로 변했다. 그러자 타격에도 힘이 생겼다. 부수적으로 든든한 자신감도 얻게 되었다.

"와, 형! 대단했어요!"

"정말 멋졌어요!"

대광고 선수들은 모두 삼열에게는 동생이다. 3학년이라 해도 그보다 2년 아래이다. 그동안 삼열이 산 자장면이 이렇게 큰 승리를 가져왔다.

학교로 돌아오는 내내 선수들은 기뻐 소리를 지르며 즐겁게 이야기를 나누었다.

삼열은 눈을 감았다. 공학박사인 아버지는 언제나 바빴다. 서울대 교수이기도 한 아버지는 집에 있는 날이 별로 없었다. 하지만 다정하신 어머니가 계셨기에 삼열의 어린 날은 언제나 행복했다.

잠시 잠이 들었는지 삼열은 꿈을 꾸었다. 꿈에서 아버지는 자신과 함께 축구도 하고 야구도 했다. 그때마다 삼열이 이기곤 했다. 아버지가 그와 함께 놀아주던 그때는 삼열이 다섯 살 때 정도였다.

누구에게나 행복하던 아름다운 순간이 있다. 추억이라는 이름은 늘 그리움으로 채색되기에 그 그림은 언제나 아름답고 따뜻한 법이다.

잠에서 깬 삼열은 시끄러운 소리에 인상을 썼다.

어느덧 대광고에 도착하였다.

"형, 내려요."

"어, 그래."

삼열은 말없이 차에서 내렸다. 하늘은 언제 비가 왔었냐는 듯 맑게 개어 있다.

삼열이 집으로 돌아왔을 때는 다섯 시가 조금 안 된 시각이다.

차 안에서 햄버거로 점심을 때웠기에 배가 무척이나 고팠다. 하지만 밥을 해먹기가 귀찮아 삼열은 다시 집 밖으로 나와 해장국을 잘하는 집으로 향했다.

얼큰한 국물이 들어가자 속이 확 풀리며 기분이 좋아졌다. 해장국을 그다지 좋아하는 편은 아니지만 국물이 있는 것을 먹고 싶었다. 아무래도 그편이 위에 부담이 없을 것 같아서였다.

배가 부르니 만사가 귀찮아졌다. 특히나 오늘은 시합을 치른 날이라 은근히 피곤했다. 집으로 돌아가는데 저 앞에 수화가 걸어가고 있다. 반가운 마음에 그녀를 부르려던 삼열은 순간 멈춰 서고 말았다.

그녀의 옆에 낯익은 남자가 보인 것이다. 저번에 수화에게 꽃을 주고 간 그 남자였다. 키도 크고 얼굴도 잘생긴, 그리고 집안도 좋다던.

수화의 표정은 약간 부담스러워하는 듯도 보였지만 남자의 말에 간간이 웃음을 보이면서 대화를 이어나가고 있었다.

'뭐지?'

삼열은 이해할 수 없었다. 분명히 저 남자가 수화를 귀찮게 했지만 이제는 정리되었다고 했다. 하지만 지금 이 상황은 뭐란 말인가.

여자의 마음을 잘 모르는 삼열이로서는 이 상황을 이해할 수 없었다. 그리고 어떻게 처신해야 할지도 난감했다.

분명 저번처럼 수화는 결백을 주장할 것이다. 그리고 실제로 그녀의 첫 남자는 자신인데 왜 다른 남자에게 틈을 보이는지 모르겠다.

그는 망연하게 서서 두 사람을 바라보았다. 두 사람 사이의 거리감을 느낄 수는 있었지만 그렇다고 해도 기분 나쁜 건 나쁜 것이다.

'하아.'

삼열은 아파트로 돌아와 침대에 누워 손으로 머리를 감쌌다.

아름다운 꽃에는 나비가 많이 날아들기 마련이라지만, 그래도 삼열은 그녀가 자신만을 바라봐 주기를 원했다.

질투.

마음이 괴롭고 뜨겁다.

'젠장, 사랑하는 일이 쉽지만은 않구나.'

사실 그녀가 무슨 큰 잘못을 저지른 것은 아니다. 하지만 요즘 그녀와 소원해진 것도 사실이다. 삼열도 그녀도 바빴던 탓이다.

보지 않은 것만 못하다는 생각이 들었다. 속이 좁다고 할 수도 있겠지만 남자의 질투는 여자의 질투보다 무섭다고 하지 않던가.

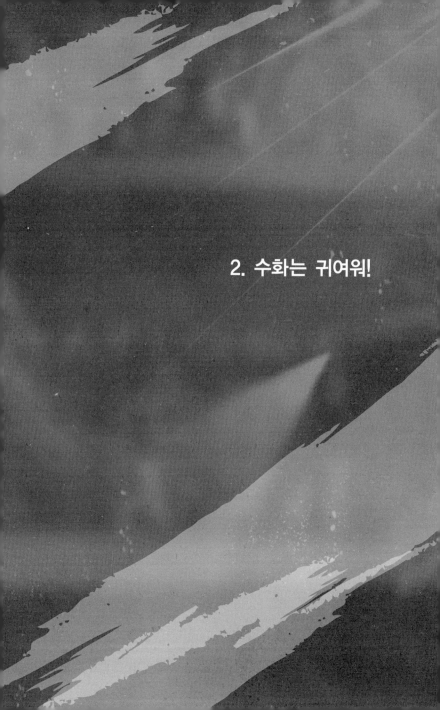

2. 수화는 귀여워!

삼열은 괴로움을 달래려고 러닝머신 위에서 달리고 또 달렸다. 시합을 한 날이라 가볍게 몸을 풀고 자려던 계획이 수포(水泡)로 돌아갔다.

한 시간 동안이나 최고 속도로 달렸더니 심장이 터질 것 같아 뛰는 것을 멈추고 천천히 걸었다.

샤워하고 젖은 머리를 한 채로 거울을 바라보았다. 오늘은 왠지 낯설게 느껴지는 얼굴이 자신을 바라보자 삼열은 고개를 돌렸다.

삼열은 수화에게 전화를 했다. 신호가 가고 있지만 받지 않는다.

침대에 버려진 휴지처럼 구겨져 누워 있는데 지잉 하고 핸드폰이 울었다.

—여보세요.

"네."

—전화했었네?

"네."

—오늘 이상하네? 무슨 일 있어?

"이리로 올 수 있어요?"

—아빠가 오시는 날이라서 좀 곤란해.

"알았어요."

삼열은 전화를 끊었다. 수화기 너머로 '여보세요? 여보세요'하고 다급하게 외치는 소리가 들렸지만 삼열은 무시했다. 그리고 눈을 감았다. 머리가 어지러워 무엇 하나 생각이 나지 않았다.

한참을 그렇게 있다가 가만히 생각해 보니 자신이 얼마나 바보같이 행동했는지 후회가 되었다. 왠지 슬픔이 구름처럼 몰려와 씻을 수 없는 비를 뿌리고 지나간 느낌이다.

수화는 삼열의 전화를 받고 걱정이 되기 시작했다. 수화기에서 들려온 그의 목소리는 다른 날과 확연히 달랐다.

날카롭게 날이 선 듯한 느낌도 들고 메마른 사막과도 같았다. 그리고 왠지 이대로 오늘을 넘기면 그와 멀어질 것 같은 불안감이 들었다.

"왜지?"

그녀는 방 안을 서성거렸다. 알 수 없는 불안감이 그녀를 사로잡았다.

'가봐야 해. 삼열이에게 무슨 일이 일어난 것이 틀림없어. 하지만 아빠가 곧 오실 텐데.'

거의 한 달 만에 아빠가 집에 오는 날이다.

'어떡하지?'

아빠가 중요하기는 해도 부녀 사이다. 섭섭해도 다음에 잘하면 되지만 남녀 사이에는 다음이 없다. 그것을 누구보다 잘 알고 있는 수화는 핸드폰을 들고 전화를 걸었다.

"아빠, 언제 와요?"

―아, 수화구나. 이제 30분 정도 있으면 도착할 것 같다.

"아빠, 나 급히 나가봐야 할 일이 있는데 어떡하죠?"

―다녀오너라. 늦을 것 같니?

"네, 어쩌면요."

―흠. 수상하구나, 우리 딸.

"아, 아니에요."

―이왕이면 늦게 오너라. 네 엄마와 단둘이 호젓하게 있는

것도 괜찮지.

"그래도 돼요?"

―그럼, 이 녀석아.

"아빠, 삐치면 안 돼요?"

―허허허.

수화는 아빠의 웃음소리를 들으며 안심했다. 원래 아버지는
매우 엄하였다. 그런데 요즘 딸이 나이가 들자 조금씩 풀어주
고 있었다.

수화는 서둘러 집을 나와 삼열의 아파트로 향했다.

마음이 무거웠다. 마치 무슨 일이라도 일어날 것만 같았다.
왠지 모르게 떨리는 손으로 초인종을 눌렀다. 두 번이나 눌렀
지만 아무 소리도 없어 수화는 문을 열고 들어갔다.

방 안이 어둡다. 수화가 불을 켜자 삼열이 침대에 잠들어
있다.

"아."

갑자기 밀려오는 안도감에 침대 옆에 주저앉았다.

'뭐가 문제지?'

수화는 삼열을 바라보았다. 무슨 꿈을 꾸는지 얼굴을 찡그
리고 입을 실룩거린다. 그 모습이 귀여워 웃음이 나왔다.

그녀는 조용히 침대로 들어가 나이 어린 애인을 껴안았다.
자면서도 따뜻한지 그녀의 품을 파고드는 모습이 마치 아기

가 엄마의 품을 더듬는 것 같다.

깨어 있을 땐 언제나 자신의 몸을 탐하고 거칠게 덤비는 마초적인 모습을 보이던 그이지만 잠든 모습은 아기 같다. 수화는 삼열의 얼굴을 조심스럽게 어루만졌다.

때로는 오빠같이 듬직하기도 하지만 남녀 관계에 대해서는 어려도 너무 어렸다. 그래서 조심하고 또 조심했다. 그만큼 자신의 애인은 너무나 사랑스럽고 매력적이었다.

"으음."

시간이 지나도 삼열은 잠에서 깨어날 생각을 안 했다.

그렇게 두 시간을 삼열의 옆에 누워 있다가 수화는 일어났다. 간단한 메모를 남겨놓고 집으로 돌아왔다. 나오면서도 걱정되는 마음이 없지 않았지만 삼열이 너무도 곤하게 자서 깨울 수가 없었다.

삼열은 잠에서 깨었다. 잠시 설핏 잠든 것 같은데 눈을 떠보니 아침이다.

"아!"

시계를 보니 벌써 아침 아홉 시였다.

"흐음, 이상한데?"

어제 수화가 다른 남자와 있는 모습을 보고는 마음이 상했는데 오늘은 아무렇지도 않다. 아침을 먹고 샤워를 하고 나오니 핸드폰이 울린다.

"여보세요."

─이제 일어났어?

"네."

─기다려. 그리로 갈게.

"네."

삼열은 아무렇지도 않게 대답했다. 그리고 책상 위에 놓인 수화의 메모를 보고서야 그녀가 어제 다녀간 것을 알았다. 마음속에 쏙 하고 물컹한 것이 들어온다. 뿌듯하고 행복했다.

남녀 사이에는 머리로는 도저히 이해가 되지 않는 오해가 생겼다가도 아주 쉽게 풀어지기도 한다. 생각해 보니 어제 본 두 사람의 모습은 다정하거나 친밀해 보이지는 않았다.

하지만 괜한 자격지심에, 아직도 자신은 고등학생이라는 것이 그를 자꾸만 움츠리게 만들었다. 애인이 대학생, 그것도 2학년인데 자신은 아직 고등학교도 졸업하지 못한 것이 계속 마음에 걸렸다.

딩동.

문을 열자 수화가 서 있다.

"쳇!"

수화가 삼열의 얼굴을 보고는 그를 밀치고 방으로 성큼성큼 걸어 들어왔다.

"흥!"

뽀로통한 수화의 모습이 귀여워 가볍게 안아주었다.

"뭐야?"

"예뻐서요."

"흥!"

삼열은 수화의 입술에 입을 갖다 대고 비볐다.

"아니, 왜 이래?"

"귀여워서요."

"흥!"

수화가 그의 품을 벗어나 의자에 앉았다.

"어젠 왜 그랬어?"

"어제 그 남자하고 같이 있는 거 봤어요."

"어머!"

수화는 깜짝 놀라 삼열의 얼굴을 바라보았다.

"어머, 말하지 그랬어?"

"지금 하고 있잖아요."

"아, 그, 그렇지."

수화는 당황해서 말까지 더듬었다.

그녀는 정말 억울했다. 사랑하는 사람이 있다고 해도 자꾸 쫓아다니니 그녀도 미칠 것만 같았다. 친구 오빠라 뭐라고 하기도 그랬다.

게다가 '이 남자가 내 남자다'라고 말하기에는 삼열의 상태가 썩 좋은 것도 아니다. 애인이 고등학생이라고 하면 무시할 게 뻔해서 밝히지 않았더니 오해를 해서 더 열심히 쫓아다닌다.

"아이, 자기가 졸업하면 다 해결될 문제야."

"아, 그렇군요."

삼열이 그냥 넘어가는 듯하자 수화는 안도의 한숨을 내쉬었다.

"우리 오랜만에 데이트하자."

"좋아요."

삼열에게 수화는 가족이다. 아무도 없이 혼자이던 그에게 먼저 다가온 아름다운 소녀가 그녀이다. 이제는 먼저 숙녀가 되어버렸지만 여전히 그의 곁을 떠나지 않았다. 삼열은 그것이 고마웠다.

두 사람은 손을 잡고 거리를 걸었다. 꽃샘추위 때문에 아직은 좀 추웠지만 둘은 아랑곳하지 않고 시내를 쏘다녔다. 거리에서 쇼핑도 하고 밥도 먹었다.

늘 좁은 집 안에서만 만나다가 이렇게 밖으로 나오니 새로웠다. 어디로 갈지 정해진 곳은 없지만 그래도 수화는 즐거웠다.

수화는 어제 삼열이 별 사이도 아닌 그 남자 때문에 질투를 했다는 사실 하나만으로 은근히 기분이 좋았다. 자신을 사랑하지 않으면 질투할 리도 없으니까 말이다.

"이제 안 바빠요?"

"응, 이제 좀 한가해졌어. 적응도 되었고."

수화가 삼열의 팔에 어깨를 기대며 대답했다.

삼열은 요즘 틈틈이 수능을 준비하고 있다. 다른 사람보다 월등히 머리가 좋아 적은 시간을 투자해도 엄청난 성취가 있지만 고3의 학습량은 고2 때와는 또 달랐다. 그가 공부하는 이유는 수화와 더 가까워지고 싶기 때문이다.

저녁을 일찍 먹고 삼열의 아파트로 돌아와 침대에 나란히 누웠다.

수화는 아침에 한껏 긴장하고 왔다가 풀렸고, 그 후 몇 시간 동안이나 거리를 헤매고 다니다 보니 피곤했다. 잠이 설핏 들었는데 그런 그녀를 삼열이 쓰다듬고 있다.

"아함."

수화는 하품을 했다.

"뭐 해?"

"수화 씨 즐겁게 해주려고요."

"네가 즐거운 건 아니고?"

"물론 저도 즐겁죠."

그녀는 삼열의 머리를 쓰다듬으며 그가 만드는 감각의 여운을 즐겼다.

귀여운 애인에 대한 사랑의 마음이 커져서인지 수화는 삼열이 조금만 만져도 몸이 날아가는 느낌을 받곤 했다.

'즐겁고 사랑스러워.'

수화가 삼열의 머리를 손으로 쓰다듬으며 다독거렸다. 그러자 흥분을 가라앉힌 삼열이 더 차분하게 수화를 정성스럽게 쓰다듬었다.

*　　　*　　　*

삼열이 학교에 도착하여 보니 학생들이 야구부에 대해 이야기하고 있다.

객관적으로 한 수 위라고 평가되던 성원고를 무려 7 : 0으로 이겨 버린 것은 충격적인 일이었다. 그동안 말썽만 일으키던 악동들이 이제는 제대로 야구를 하는 야구 선수가 된 것이다.

솔직히 삼열이 생각해도 2연승은 놀라운 성적이었다. 작년의 대광고 성적에 비추어 보았을 때 올해는 전혀 다른 팀이 된 것이다.

교실에 들어서니 학생들이 삼열에게 박수를 보내왔다.

"웬 안 하던 짓?"

"형, 그제 죽여줬다면서요?"

"그건 치호가 잘 던진 건데?"

"그래도요. 성원고를 상대로 7 : 0은 믿을 수 없는 성적이에요."

"이제 겨우 2승 했을 뿐이야."

박명우가 삼열을 보며 기분 좋게 웃었다.

하루 종일 학교에서 공부하고 집에 가서도 공부를 해야 하는 학생들에게는 신나는 일이 별로 없다. 그런데 말썽만 부리던 야구부가 큰 점수 차로 승리했으니 아이들이 신나는 것은 어쩌면 당연한 일이다.

"아, 학원 수업만 없으면 가서 보는 건데."

"뭐, 올 것까지는 없어. 결승에 나가면 몰라도. 프로 경기도 아니잖아?"

"하긴요. 고교야구는 좀 심심하긴 하죠."

"응."

경기를 하는 선수들이야 흥미진진하겠지만 고교야구는 프로보다 볼거리가 많지 않다. 그리고 성장기에 있는 청소년들이라 타격도 투구도 무리하지 않기 때문이기도 하다.

그래서 삼열도 다양한 구질을 배우지 못하고 있었다.

이상영이 한국의 대표적인 좌완 투수에 속하기는 했지만 삼열에게 모든 구질을 가르쳐 줄 수는 없다. 그립을 잡는 법을 가르쳐 주는 것이야 너무도 쉽다. 하지만 야구공을 잡는 법만 안다고 그 공을 던질 수 있는 것은 아니다.

이상영이 삼열에게 투심과 포심, 그리고 커브만 던지게 한 것은 배우는 기간이 너무나 짧아 더 많은 구종을 익힐 시간이 없어서이기도 했지만 그의 어깨를 보호해 주기 위한 배려도 있었다.

대체로 투수가 롱런하기 위해서는 오랜 시간에 걸쳐 어깨를 강화해야 한다. 타자에서 투수로 늦게 전향한 경우나 늦게 투수를 시작한 삼열과 같은 경우는 부상의 위험이 굉장히 높다.

양키스의 마무리 투수 마리아노 리베라는 20세에 유격수에서 투수로 전향했다. 하지만 그는 2년 후 팔꿈치 수술을 받고 이전의 불같은 강속구를 잃어버리게 되었다.

물론 이후에 기적적으로 정상을 되찾았지만 그만큼 투수의 어깨는 생각보다 약하고 예민했다.

삼열은 신성석의 도움으로 회복력이 엄청나게 좋지만 이 사실을 이상영은 몰랐다.

미카엘과의 일은 누구에게 알릴 수 있는 문제가 아니었다. 이야기를 한다고 쉽게 믿어줄 수 없는 마법과 같은 일이기 때문이다.

삼열이 오랜만에 수업에 참가하자 반 아이들은 다들 의아한 표정이다.

삼열도 슬슬 수능을 준비해야 했다. 또 요즘은 아침 운동을 더 해도 몸이 좋아지거나 하지 않았다. 아무래도 더욱 효과적인 운동 방법을 개발하지 않으면 또 한 번의 벽을 허물기란 쉽지 않아 보였다.

삼열은 국어 수업 시간에는 국어 과목 문제집을 꺼내 따로 공부했다. 수학 시간에는 수학 책을, 과탐이나 사탐 과목도 마찬가지다. 그의 생각으로는 이렇게 방학 전까지만 공부해도 수능에 자신이 있었다.

"형, 이제 운동장에 나가서 운동 안 하세요?"

"아, 나도 이제 슬슬 공부해야지."

"형도 공부해요?"

"머리가 좋은 건 남들보다 조금 유리한 것이지 아주 공부를 안 해도 된다는 것은 아냐."

"아, 그렇군요. 전 형은 책을 안 봐도 되는 줄 알았어요."

"그런 것은 수학이나 영어에만 해당돼. 다른 과목들은 따로 시간을 내서 공부해야지."

"그렇군요."

삼열이 야구를 시작하고부터 학생들의 관심이 많아졌다. 이전에는 무슨 별종 취급을 했지만 지금은 호기심을 더 많이

표현했다. 삼열은 이런 분위기가 생경했지만 그렇다고 싫지는
않았다.

"어, 무슨 일이지?"

수애는 창밖으로 얼굴을 내밀고 텅 빈 운동장을 바라보았
다. 거기엔 그녀가 늘 기다리는 남자가 없었다.

그녀의 단짝 말숙도 운동장에서 늘 죽어라고 뛰던 삼열이
보이지 않자 걱정이 되는지 고개를 갸웃거렸다.

"어디 아픈 것은 아닐까?"

말숙의 말에 수애는 가슴이 쿵 하고 내려앉는 느낌을 받고
는 당황해서 급히 바닥을 바라보았다. 니스 칠이 잘된 원목 바
닥에 실내화를 신은 앙증맞은 자신의 발이 보인다.

"아무 일 없을 거야. 걱정하지 마."

"그렇겠지?"

말은 그렇게 하면서도 말숙은 속으로 조금 당황스러웠다.
이렇게 예쁜 자신의 친구가 짝사랑에 빠질 줄은 그녀도 전혀
예상하지 못했다.

"아, 어떻게 해."

수업 시간 내내 집중하지 못하고 안절부절못하는 수애를
보며 말숙은 이미 증상이 심각한 것을 알아차렸다.

"마음을 표현해 봐."

"응?"

"속으로만 담고 있으면 아무도 몰라. 되든 안 되든 표현해야 상대방이 알 수 있지."

"그, 그렇겠지?"

"응, 물론이야. 그래야 포기할 수도 있어."

"……"

오후가 되어 삼열이 운동장에 나오자 수애의 표정이 밝아졌다. 3월의 맑은 햇볕이 내리쬐는 운동장을 그녀가 좋아하는 사람이 무서운 속도로 달리고 있다. 그리고 그 뒤를 따라 야구부원들이 한참 처져서 달리고 있다.

종이 울리고 수업이 시작되자 그녀는 자신의 자리로 돌아갔다. 그러나 아직도 창가에는 야구부를 지켜보는 학생이 많았다. 그중 상당수는 남학생이었다.

기본 훈련이 끝나고 각자 몸을 푸는 시간이 지나자 유승대는 학생들 앞에 나와 오는 31일에 맞붙게 되는 팀을 알려주었다.

"자, 주목! 우리의 다음 상대는 덕수고다!"

유승대 감독의 말에 아이들의 얼굴이 이상야릇하게 변했다. 좋지 않은 기억이 있기 때문이다. 충분히 강한 팀이며 대광고보다는 훨씬 더 좋은 여건에 있는 학교다.

"의외로군."

삼열은 덕수고와 만날 수 있을 것이라고는 생각했지만 이렇게 일찍 맞붙게 될 줄은 몰랐다. 하지만 한번 붙어볼 만하다는 생각이 들었다.

어차피 대광고는 덕수고가 아닌 그 어떤 팀을 만난다 하더라도 힘에 부칠 것이다. 그러니 오히려 한 번 겪어본 딕수고 야구부가 더 나을지도 몰랐다.

삼열이 덕수고를 상대했을 때는 포심과 투심밖에 던지지 못했다. 그마저도 완벽하게 익힌 상태가 아니었다. 하지만 이제는 다르다. 송치호 역시 그전과는 비교가 되지 않을 정도로 제구력이 좋아졌고 구속도 빨라졌다. 공격력 역시 이전과는 비교가 되지 않는다.

다만 덕수고의 에이스 박수홍과 4번 타자 나덕수가 전의 연습 경기에 한 번도 나오지 않았기 때문에 그 점이 조금 걱정되었다. 그런데 다행히 덕수고는 워낙 유명한 팀이라 다른 학교보다 정보를 구하기가 쉬워 대비하기가 편했다.

투수 박수홍은 제구력도 좋고 낙차 큰 커브, 그리고 140㎞/h 전후를 오가는 직구가 굉장히 묵직해서 공략하기가 쉽지 않을 듯했다. 무엇보다 그의 강점은 한 번에 쉽게 무너지지도 난타당하지도 않는다는 점이다.

중심 타자들의 타력도 4번 타자 나덕수를 중심으로 '지옥의

불방망이' 타선으로 소문나 있다.

삼열은 덕수고를 알면 알수록 쉽지 않다는 것을 느꼈다. 무엇보다도 선수층이 넓어 특별히 못하는 타자가 없는 것이 가장 큰 문제였다.

하지만 삼열은 피식 웃었다. 어차피 이들을 넘지 못하면 프로에서 뛸 기회는 생기지 않는다고 봐야 한다.

하루 종일 덕수고의 타자들을 분석하며 시간을 보내고 있는데 누가 찾아왔다는 소리에 밖으로 나왔다. 소녀 두 명이 그를 빤히 바라보고 있다.

"누구지?"

삼열의 말에 수애가 얼굴을 붉히며 앞으로 한 걸음 나왔다.

"……?"

"오빠, 여기… 선물이에요."

"어?"

"오빠, 좋아해요."

"뭐? 어……."

삼열은 잠시 할 말을 잃었다. 이때까지 살아오면서 처음 보는 소녀에게 이런 말을 들어본 적이 없기에 당혹스러웠다.

소녀가 내민 선물을 얼떨결에 받고 가만히 있으려니 기대에 찬 맑은 눈동자가 자신을 빤히 바라보고 있다. 뭐라고 해야 하나 곤란해서 삼열은 머리를 긁적였다.

소녀는 어리지만 예쁘고 개성 있게 생겼다. 그리고 묘한 매력을 가지고 있어 한 번 본 사람은 다시 돌아보게 하는 얼굴이다.

"아, 고맙기는 한데, 난……."

"그럼."

갑자기 수애가 고개를 획 돌리고 도망가듯 사라시는 바람에 삼열은 멍하니 서 있었다. 뒤에 있던 친구도 급히 그녀를 따라 사라졌다.

여자 친구가 있다고 말하려는 참이었는데 갑자기 가버려서 삼열은 당황했다.

"하 참, 내 인생에도 이런 일이 일어나다니."

예쁜 여자아이가 자신을 좋아한다고 고백했다는 것이 믿기지 않았다.

"봄이라서 그런가?"

하늘은 맑고 날씨도 따사로워져 이제는 완연한 봄날이다. 소녀의 행동이 조금은 이해가 될 것 같기도 했다. 오늘은 그만큼 아름다운 날이었다.

교정의 담장에는 봄꽃이 피어나고 있고 목련꽃도 꽃망울을 터뜨릴 준비를 하고 있다. 그리고 사람들의 마음에도 사랑의 씨앗이 터질 준비를 하는 봄이 시작되었다.

"형, 그게 뭐예요?"

"몰라. 누가 주고 가던데?"

"와, 형! 드디어 팬이 생긴 거네요?"

"아, 그런가?"

그 말에 삼열은 안심했다. 팬이니까 좋아하는 것이라고 생각하자 한결 마음이 편해졌다.

포장을 풀어보니 앙증맞은 열쇠고리와 화장품 세트가 상자 안에 들어 있다.

'하아~ 이거 좀 부담스러운데.'

화장품은 유명한 수입 브랜드였다. 그다지 비싼 것은 아니지만 그래도 국산보다는 두 배 이상 값이 나가는 것이다. 열쇠고리 역시 명품이다. 그가 보기에는 열쇠고리가 화장품보다 몇 배는 비싸 보였다.

'받아도 되는 건가? 뭐, 문제가 되면 되돌려 주면 되지.'

그동안 수화에게 몇 번 받아본 것 외에는 남에게 처음 받는 선물이라 고마운 생각이 들었다.

서둘러 도망치듯 교실로 돌아온 수애는 숨을 헐떡거렸다. 그런 그녀를 말숙은 불쌍한 눈으로 말없이 바라보았다. 그녀가 보기에 삼열은 수애에게 조금의 관심도 없어 보였다.

'휴, 미안하지만 친구야, 고생 좀 해라.'

말숙은 선물을 전해준 것만으로도 얼굴이 붉어져 숨을 헐떡이는 친구를 보며 고개를 절레절레 흔들었다.

삼열은 말없이 선물을 가방에 넣으며 덕수고와의 시합을 생각했다. 문제는 덕수고의 강타선을 어떻게 묶을 수 있을까 하는 것이다.

처음 덕수고를 방문했을 때 본 학교 안의 큰 야구장을 생각하니 가슴이 뭉클했다. 서울 시내에 그런 야구상이 있는 학교는 드물다. 그래서 처음으로 야구를 하면서 부럽다는 느낌을 가지게 한 학교가 덕수고다.

"시설이 좋다고 야구를 잘하는 것은 아니지만… 부럽기는 해."

시설이 좋으면 그만큼 그 학교에 좋은 선수들이 모이게 된다. 그래서 덕수고에 강타자와 좋은 투수가 많다.

'뭐, 그래도 질 수는 없지.'

삼열은 훈련을 끝내고 집으로 향했다. 요즘 그는 메이저리그에 대한 책을 읽고 있었다.

물론 이상영이 이야기를 해줬지만 주관적인 것이라 큰 도움은 되지 못했다. 그 역시 메이저리그에 진출했지만 크게 성공하지는 못했기 때문이다.

삼열은 아직 꿈에 불과하지만 언젠가는 메이저리그에서 뛸 것이라고 다짐하며 연습에 연습을 거듭했다.

천재적인 재능이 있음에도 연습을 하지 않으면 갈 수 없는 곳이 메이저리그이다.

물론 세기의 천재들이 없는 것은 아니지만 그런 사람은 정말 몇 되지 않았다. 대부분의 위대한 기록은 수많은 부상과 절망을 이겨내고 얻어낸 것이다.

위대한 것은 그냥 얻어지지 않는다. 자신을 이기고 경쟁자를 이겨야 비로소 달성할 수 있다.

삼열은 벽에 걸린 사진들을 바라보았다. 불같은 강속구를 뿌리던 랜디 존슨은 신체의 기형을 이겨내기 위해 상체 운동을 엄청나게 했다. 그렇지 않았다면 그는 허약한 무릎 때문에 선수 생활을 오래 하지 못했을 것이다.

그는 오직 상체의 힘만으로 공을 던졌다. 다행히도 그는 남들보다 훨씬 긴 팔을 가지고 있어 상체를 남들보다 더 과도하게 비틀어 지렛대의 효과를 극대화하였다. 그가 상체를 강화하지 않았다면 메이저리그의 이류 선수밖에 되지 못했을 것이다.

인간의 신체를 연구하여 최적의 상태에서 마운드에 서는 것이 삼열의 목적이다. 모든 사람에게 비웃음과 무시를 당했지만 야구가 있어 참을 수 있었다. 야구는 그에게 있어 또 하나의 인생이다.

육체가 굳어가는 질병과 싸우며 삼열은 생존이 얼마나 비참한 것인지를 어린 나이에 터득했다. 눈물 젖은 빵을 먹어보지 않은 사람은 인생의 진정한 의미를 알 수 없다는 말이 있다. 삼열은 눈물 젖은 빵이 아닌 절망 그 자체로 절임배추처럼 살았다.

삼열은 옷을 갈아입자마자 러닝머신에 올라 뛰었다. 그는 시작하자마자 1분도 채 지나지 않아 자신의 최고 속도에 도전했다.

세 시간을 뛰고 잠시 쉬었다가 다시 피칭 연습을 했다. 미끄러지지 않으려고 고무 발판을 바닥에 깔아놓았다. 투구폼이 훼손될 수 있는 그 어떤 작은 실수도 용납하지 않으려고 삼열은 사소한 것에도 신경을 썼다.

수건을 들고 섀도 피칭을 하며 땀을 흘렸다. 각각의 동작을 끊어서 아주 천천히 시도해 보면 부자연스러운 자세가 금방 드러난다. 그러면 그 부분을 다시 집중적으로 훈련했다.

마리아노 리베라의 제구력은 언제나 한결같은 투구폼에서 나왔다.

언제 어느 상황에서도 동일한 투구폼이 나올 수 있게 하려면 얼마나 많은 훈련을 해야 하는지 누구보다 잘 알고 있는 삼열이다.

덕수고등학교가 눈앞에 있다는 생각을 하자 더욱 승부욕이 치솟았다. 직구밖에 던질 줄 모르던 그가 처음 마운드에 올라서 7실점으로 난타를 당한 학교가 덕수고다. 그것도 거의 2진급 타자에게 맞았다.

"그래, 와라. 이번에는 끝장을 내주마."

삼열은 주먹을 불끈 쥐며 복수를 다짐했다.

딩동.

"누구지? 수화 씨는 오늘 바쁘다고 했는데."

문을 여니 수화가 문 앞에 서 있다.

"어서 와요. 근데 오늘 바쁘다고 하지 않았어요?"

"응, 일이 좀 일찍 끝났어. 그래서 네 얼굴 보고 싶어서 왔지. 잘했지?"

"물론이죠."

밤 아홉 시가 다 되어가는데 찾아온 수화를 삼열은 따뜻하게 맞았다. 커피를 마시고 나니 아홉 시가 조금 넘었다. 밝게 웃는 수화를 보며 삼열은 빙그레 웃었다.

"우리의 앞에는 뭐가 있을까요?"

"응?"

"그냥요. 산다는 것이 무엇일까, 요즘 그런 생각이 들어요."

"그 질문에 당당하게 대답할 수 있는 사람이 있을까?"

"하긴요. 우리가 모든 것을 알 수는 없겠죠?"

"오늘 이상한데? 무슨 일 있어?"

"아뇨. 그냥 좋아서요."

"히힛, 그렇게 말하니 꼭 자기가 오빠 같네."

"그거 몰랐어요? 모든 남자는 오빠로 불리기를 바란다고요."

"정말?"

"네."

"말도 안 돼."

"제가 아는 형은 여자 친구가 세 살이나 많은데도 오빠라고 한대요."

"헐, 대박이다!"

삼열은 빙그레 웃었다. 남자는 여자가 오빠라고 불러주면 약해지는 것이 사실이긴 했다. 그러면서 혹시나 하고 수화의 표정을 살펴보았지만 전혀 오빠라고 불러줄 마음은 없는 모양이다.

"배 안 고파요?"

"조금 고프긴 해. 하지만 자기 전에 먹으면 몸매 관리가 안 돼."

"그럼 가볍게 샐러드 만들어줄게요. 야채를 많이 먹으면 괜찮아요. 그리고 굶었다가 먹으면 지방이 더 축적되잖아요."

"그렇긴 하지. 그럼 만들어줄래?"

"네, 기다려 보세요. 재료도 있고 소스도 사다 놓은 게 있어요."

삼열은 일어나 냉장고에서 야채와 양상추, 그리고 닭 가슴살을 꺼냈다.

"어, 고기잖아?"

"닭 가슴살이니 지방 축적은 별로 없을 거예요. 조금만 넣을게요. 나도 먹어야 하니까."

"그래, 그럼."

수화의 목소리가 한껏 올라가고 표정도 밝아졌다. 그녀는 삼열을 만나려고 저녁도 먹지 않고 왔다. 귀여운 애인이 자신을 위해 샐러드를 만들어준다고 하니 즐거울 수밖에 없다.

삼열은 고기를 냄비에 넣어 끓인 뒤 손으로 찢어 다시 맑은 물에 씻은 다음 물기를 제거했다.

"왜 물에 씻는 거야?"

"안 씻으면 닭 냄새가 나요."

"그래?"

수화는 닭 가슴살을 한 번도 요리해서 먹어본 적이 없기에 삼열의 말에 고개를 끄덕였다.

"자, 먹어요."

"와, 맛있겠는데?"

수화는 샐러드를 먹으며 즐겁게 오늘 무엇을 했고 누구를 만났다 등등 시시콜콜한 이야기를 늘어놓았다. 그런 수화를 삼열은 귀엽다는 듯 바라보았다.

"너무 많이 먹었는데."

배를 만지며 수화가 말했다.

"누가 빼앗아 먹을까 봐 그렇게 허겁지겁 먹어요?"

"너 만나려고 저녁도 안 먹고 왔거든."

"정말요?"

"응, 애인은 자주 만나야 해. 그런데 우린 서로 바쁘잖아. 특히 네가. 그러니 나라도 노력을 해야지."

"아~!"

다시 수화의 세뇌가 시작되자 삼열은 말없이 고개를 끄덕였다. 그는 남자라면 여자의 이런 투정이나 부탁은 당연히 들어줘야 한다고 생각했다.

삼열이 수화에게 키스를 하자 수화가 손을 그의 어깨 위로 올렸다.

"아!"

"좋아요?"

"응, 너무 좋아. 그런데 나 내일 일찍 일어나야 해."

"아, 그래요?"

시간이 되자 수화는 삼열의 아파트를 나오면서 혀를 밖으로 내밀고 아쉬움을 달랬다. 그와 한 키스는 정말 좋았다.

수화가 생각하기에 삼열은 멋진 남자였다. 무엇보다도 건강하고 머리가 좋았다. 그냥 좋은 것이 아니라 천재였다. 그리고 여자를 즐겁게 해주는 재주도 아주 좋았다.

자신의 여자 친구들을 만나 서로 마음속에 있는 이야기나 음담패설을 하는 것을 들어보면 삼열의 실력은 상당한 것임에 틀림없었다.

그리고 예상외로 삼열은 돈도 쓸 만큼 있었다. 또 부모님이 일찍 돌아가셔서 결혼하면 시부모님을 모시지 않아도 된다는 것도 여자로서는 나쁘지 않았다.

시부모와의 갈등으로 부부 사이가 나빠진 사람들이 적지 않은데 삼열에게는 아예 그런 일이 있을 수 없으니 최고의 신랑감이다.

'게다가 어리기까지 하잖아?'

수화는 지금이야 자신이 불편하지만 나중엔 나이 어린 애인을 친구들이 모두 부러워할 것이라고 생각했다.

'꼭 잡아야겠어.'

다시 한 번 주먹을 쥐고 결심했다. 여자 팔자 뒤웅박이라는 말이 이제는 옛날이야기가 되었지만, 남자나 여자나 배우자에 의해 인생이 많이 변하는 것은 틀림없는 사실이다.

영리한 여자는 괜찮은 남자가 나타나면 재빨리 자기 사람으로 만든다. 그래서 어느 정도 나이가 되면 괜찮은 여자보다 남자가 더 없다. 골드 미스라는 말은 있어도 골드 미스터라는 말은 없지 않은가.

삼열은 수화를 보내고 나서 허전한 마음을 달랬다. 같이 살고 싶지만 아직은 고등학생이다. 나이는 만 19세가 넘어 성인이긴 해도 이렇게 깊은 관계를 맺은 것이 들통 나면 문제가 될 것이다. 하물며 동거는 있을 수 없는 일이다. 그렇다고 만 19세에 결혼하는 것도 이상했다.

*　　　*　　　*

대광고 선수들은 덕수고를 연구하며 훈련에 매진했다. 무엇보다도 치호와 삼열이 번갈아 가면서 공을 던져 주자 선수들이 각이 큰 변화구에 대해 자신감을 가지기 시작했다.

강속구에도 조금씩 적응해 나가면서 선수들은 어쩌면 덕수고를 이길 수도 있겠다는 생각을 가졌다.

삼열이 훈련하고 있는데 치호가 다가와 말했다.

"형, 그때 그 예쁜 팬이 왔어요."

"뭐?"

"저번에 형한테 선물 주고 간 그 여학생이 와서 구경하고 있어요."

"아, 그래?"

삼열은 그녀에게 가볍게 인사라도 건넬까 했지만 왠지 쑥스러워서 그냥 모른 체했다.

수애는 땀을 흘리며 연습하는 삼열의 모습을 물끄러미 지켜보았다. 멀리서도 한눈에 보이는 큰 키와 당당한 모습이 그녀의 마음을 설레게 했다.

덕수고의 박수홍을 상대하기 위해서는 낙차 큰 커브를 요리할 수 있어야 한다. 그는 직구도 빨라 굉장히 까다로운 선수이다.

선수들은 며칠 동안 늦게까지 남아 훈련을 거듭했다. 시합 전날인 금요일에는 연습을 두 시간 정도만 하고 일찍 끝냈다.

"자, 집에 가서 쉬도록 하고, 내일 아침에는 일찍 학교로 오도록. 중간에 빠지는 놈 있으면 각오해라. 알았나?"

"네, 감독님."

유승대 감독의 말에 학생들이 힘차게 대답했다.

삼열이 집에 도착하니 수화가 와 있다.

"엇, 수화 씨, 언제 왔어요?"

"응, 너 보고 싶어서 수업 끝나자마자 왔어. 잘했지?"

"그럼요."

"내일 시합이네. 나도 가볼까?"

"안 바빠요?"

"시간 낼 수 있어. 그리고 네 시합이잖아."

"오지 마세요. 볼 것도 별로 없어요."

"그래도……."

"와도 시합 끝나고 나면 팀과 같이 움직여야 해서 만날 수도 없을 거예요. 나중에 왕중왕전에 오세요."

"정말?"

"네."

"그럼 키스해 줘."

"안 씻었는데요?"

"괜찮아."

"그래도……."

삼열이 가볍게 키스를 하자 수화는 몸이 찌릿했다.

"으음~"

수화는 자신도 모르게 신음을 터뜨렸다. 한참 키스를 하고 숨을 가쁘게 내쉬며 수화가 조그맣게 말했다.

"너랑 같이 살고 싶다."

"저도요."

"정말?"

"물론이죠."

"아, 좋아라."

수화가 팔짝 뛰며 삼열의 뺨에 입을 맞추었다. 삼열이 자신을 진지하게 생각하고 있음을 알고 있는 그녀였지만 그가 말로 확인해 주자 뛸 듯이 기뻤다.

"아, 오늘 하고 싶어. 그런데 내일 시합이라 곤란하겠지?"

"아, 아니요. 절대로 돼요."

삼열은 말을 마치자마자 수화를 껴안았다.

"읍~"

수화는 정신을 차릴 수가 없다. 건강한 청춘 남녀는 욕망을 참기가 힘들었다.

수화가 준비되자 삼열이 움직였다. 둘이 리듬에 맞춰 춤을 추자 젊음이 온 방 안을 돌아다녔다. 서로에 대한 사랑이 더 단단해지고 섬세해졌다.

하지만 이들은 알까? 인생은 섹스처럼 달콤하지만은 않다는 것을.

불같이 사랑했다가도 차갑게 돌아서는 것이 남녀 관계이다. 살아가는 날이 더 많아질수록 깨닫게 되는 것도 많아지는 게 인생이다.

인생의 봄날은 아주 짧으며 행복에 대한 그리움은 긴 여운으로 남는다는 것 또한 알게 될 것이다. 그리고 누구도 자신의 운명을 알 수 없으며 미래를 결정짓는 것은 현재라는 사실을 배우게 될 것이다.

*　　　　*　　　　*

오늘은 정말 화창한 날이다.

대광고 선수들은 운동장을 가볍게 한 바퀴 돌고 버스를 탔다. 유승대가 한마디 했다.

"이제 진짜 싸움이다. 후회를 남기지 않도록 힘껏 싸워라."

"네, 감독님."

모두가 한목소리로 대답했다.

시간이 되어 덕수고의 공격으로 경기가 시작되었다. 덕수고 선수들은 자신만만했다. 얼마 전에 자신들과의 연습 게임에서 형편없이 깨진 학교가 대광고였기 때문이다.

1번 타자 장민호가 타석에 들어섰다. 그는 과거 송치호의 공을 두 번이나 안타로 친 경험이 있기에 거만한 표정으로 배트를 흔들었다. 그러나 마운드에 선 송치호의 눈은 차분했다.

제1구, 송치호는 차분하게 와인드업을 하고 공을 던졌다. 낙차가 큰 커브이다.

펑!

"스트라이크."

"엉?"

장민호는 자신의 눈을 의심했다. 볼이라고 생각한 공이 스트라이크가 된 것이다.

제2구, 송치호는 빠르게 와인드업하고 공을 던졌다. 장민호는 날아오는 공을 바라보며 가만히 있었다.

펑!

"볼."

제구가 제대로 안 되었는지 스트라이크 존에서 약간 빠졌다. 하지만 이번에도 장민호는 손도 대지 못하고 공을 흘려보냈다.

'이거 장난이 아닌데? 그때 그놈이 확실한데 공은 전혀 달라.'

장민호는 바짝 긴장하고 준비했다. 이번에는 날카롭게 안쪽으로 파고드는 변화구를 노려서 쳤다. 하지만 공이 방망이에 맞아 데굴데굴 투수 앞으로 굴러갔다.

"쳇."

장민호는 아웃이 될 것을 알았지만 1루를 향해 뛰었다. 송치호가 공을 잡아 1루로 송구하였다.

"아웃."

장민호는 뛰다가 공이 먼저 1루수에게 도착하는 것을 보고는 돌아서 더그아웃으로 향했다. 동료 선수들이 어깨를 쳐 주었지만 조금도 위로가 되지 않았다.

"어때?"

4번 타자 나덕수가 물었다.

"공의 구위가 좋아. 변화구는 빠를 뿐만 아니라 각이 예리하게 꺾이고 직구는 무척 빨라."

"그래? 이거 의외인데?"

나덕수는 자신이 참가하지 않은 그 연습 게임을 회상하고는 고개를 갸우뚱하였다. 그도 그 자리에 있었지만 참가할 필요성을 느끼지 못했다.

'뭐, 겪어보면 알게 되겠지.'

나덕수는 빙그레 웃었다. 그는 이번 경기 상대가 대광고라는 말에 의욕이 사라졌다. 그냥 경기에 참가하는 데 의미를 두나 보다 생각했는데 감독으로부터 대광고가 2승을 했다는 말을 듣고는 무척 의아했다.

2번 타자는 삼진으로 물러나고 3번 타자는 내야 땅볼로 공수가 교체되었다. 대광고의 선수들은 신이 났다. 이전에 엄청나게 두들겨 맞은 상대를 삼자범퇴시킨 것은 자신감을 심어주기에 충분했다.

"수고했어."

"아, 형. 두고 봐야죠."

"하긴."

삼열은 치호의 어깨를 두들기며 격려했다. 1번 타자 오동탁이 나가자마자 초구에 배트를 휘둘렀다.

딱.

"어!"

"뭐야?"

방망이에 맞는 소리가 심상치 않았다. 상대 투수 김이명이 뒤를 돌아보고는 고개를 떨구었다. 공이 펜스를 살짝 넘어갔다.

"와!"

"홈런이야!"

"와우! 새끼, 초장부터 죽이는데?"

대광고의 선수들은 설마 1번 타자가 홈런을 칠 줄은 예상하지 못했기에 더욱 놀라워하며 즐거워했다. 오동탁이 홈베이스를 밟자마자 서로 손을 부딪치며 하이파이브를 하느라 정신이 없다.

2번 타자 남우열도 오동탁의 홈런을 의식했는지 공이 날아오자 크게 방망이를 휘둘렀다.

펑.

"스트라이크."

공이 타자 앞에서 뚝 떨어졌다.

"어, 생각보다 예리한데?"

남우열이 중얼거리자 포수 허연우이 피식 웃었다. 우연히 실투 하나 받아쳐서 홈런을 만들었다고 대광고 타자가 감히 덕수고의 선발투수를 물로 보는 것이 가소로웠다.

"실투 하나 넘어갔다고 물로 보면 곤란해."

"알았다. 니 똥 굵다."

남우열이 중얼거리고 타석에서 자세를 취하자마자 몸쪽을 파고드는 직구가 날아왔다. 남우열은 반사적으로 배트를 휘둘렀지만 이미 공은 지나가고 난 뒤였다.

펑.

"스트라이크."

투 스트라이크를 당하고 나서야 남우열은 배트를 짧게 잡았으나 이미 늦었다. 투 스트라이크 노 볼이기에 타자가 상대적으로 불리한 카운트였다.

역시나 남우열은 스트라이크 존을 살짝 걸치는 공에 배트를 휘둘러 삼진을 당하고 말았다. 3번 타자 박상원은 투수 앞 땅볼로, 4번 타자 조영록은 외야 뜬공으로 물러나면서 1회가 끝이 났다.

삼열이 보았을 때 덕수고의 투수 김이명은 나쁘지 않았지만 그렇다고 특별한 투수도 아니었다. 한마디로 대광고를 얕보고 에이스를 내보내지 않은 것이다.

타자가 한 번 돌면 두 번째 타선부터는 충분히 공략할 수 있을 것 같았다. 대광고 선수들의 타격은 상당히 좋은 편에 속하니 말이다.

공수가 교대되는 순간에 삼열은 상대 타자들을 유심히 보았다. 여전히 대광고를 쉽게 여기는 듯했다. 그렇게 보는 것이 당연하다. 불과 얼마 전에 2진급 선수들에게도 난타를 당한 학교이니 말이다.

"할 만한 것 같은데?"

"그렇죠? 치호 형이 쉽게 무너지지 않는다면 우리도 할 만 하겠죠?"

1학년 한광수가 삼열의 말에 대답했다. 한광수는 야구 센스도 있고 사교성이 좋아 선배들에게 귀여움을 받는 후배이다.

"형, 덕수고는 왜 에이스 박수홍을 안 내보내는 거죠? 우리가 그렇게 만만한가 보죠?"

"덕수고 입장에서는 우리가 만만해 보이겠지. 불과 얼마 전만 하더라도 우리는 덕수고에 상대도 안 된 학교였으니까. 그래도 일주일에 한 번 있는 경기에 에이스를 아끼는 것은 좀 그렇긴 하네. 후후."

삼열은 말을 하면서도 덕수고의 타자들을 자세히 살펴보았다. 4번 타자 나덕수는 비록 치호의 공을 공략하지는 못했지만 배트를 날카롭게 휘둘렀고 그 속도도 굉장히 빨랐다. 하지만 제구가 된 인코스, 아웃코스, 꽉 찬 공에는 약해 보였다.

현재 송치호의 제구력은 수준급이다. 특히나 직구의 구속이 빠르다 보니 변화구가 위력적으로 변했다. 그는 얼마 전의 그 투수라고 믿어지지 않을 정도로 환골탈태하였다.

한화의 바티스타도 공을 던질 때 발을 투수판으로 향하는 것이 아니라 2루로 향하고, 공을 놓을 때 팔을 비트는 버릇이 있어서 제구력에 문제가 발생하곤 했다. 의외로 투구의 착지점이 문제가 되는 선수가 있는데 송치호도 그중 하나였다.

3회가 되어서야 덕수고는 송치호의 위력을 실감하며 필사적으로 매달렸지만 점수를 뽑지 못하고 5회가 되어서야 겨우 1득점을 해서 동점을 이루었다. 덕수고로서는 치욕적인 순간이었다.

타자가 일순하고 두 번째 타순부터 투수 김이명의 공이 대광고 선수들 배트의 중심에 맞기 시작하면서 1사 2, 3루가 되었다. 그러자 결국 에이스 박수홍이 나와 득점 없이 끝났다.

6회가 되면서 강력한 덕수고의 타자들이 송치호의 공을 치기 시작하자 감독은 즉각 삼열을 마운드에 올렸다.

"음하하하, 이제부터 나의 쇼 타임이다."

삼열은 마운드에서 거만하게 상대 타자들을 바라보았다.

4번 타자 나덕수는 자신을 비웃는 듯한 삼열의 웃음에 기분이 팍 상했다. 송치호가 생각보다 잘 던져 안타를 때리지 못하였지만 자신이 누군가. 덕수고의 4번 타자가 아닌가.

'건방진 녀석 같으니. 홈런을 때려주마.'

나덕수는 맹수의 눈으로 삼열을 노려보았다. 그런데 갑자기 삼열이 3루를 향해 손가락 세 개를 폈다가 접었다.

"뭐야, 저 자식?"

"너한테 공 세 개 던지겠다는 이야기지."

포수 심재명이 나덕수에게 말했다.

"×발."

나덕수는 욕이 주심에게 들릴까 봐 조그맣게 중얼거렸다. 그리고 곧 자신의 몸으로 파고드는 공에 놀라 뒤로 한 걸음 물러났다. 무시무시한 공이 그의 허리를 향해 날아온 것이다.

"헐~ 대박이네. 존나 매너 꽝이야."

나덕수는 뻔뻔하게 자신을 바라보는 삼열에게 분노가 치밀어 올랐지만 주심이 자신을 노려보고 있어서 참았다.

"×발."

이번에는 목소리가 좀 컸지만 신경 쓰지 않았다. 까딱 잘못했으면 부상을 입어 한 시즌 내내 시합에 못 나갈 뻔하였다.

그런데 저 얼굴이라니. 조금도 미안한 표정이 아니다. 그 말은 일부러 던졌다는 것이다. 나덕수는 화가 나기도 하고 오기가 생겨 타석에 바싹 다가섰다.

그 모습을 본 삼열은 피식 웃었다.

'싸움을 걸어온다면 받아주지.'

삼열은 좀 전과 같이 몸쪽 직구를 다시 던졌다.

"헉!"

날카로운 공이 인코스 쪽으로 파고들자 나덕수는 허겁지겁 뒤로 물러날 수밖에 없었다. 그리고 마운드를 향해 뛰어갔다.

"너, 이 새끼!"

나덕수의 주먹이 삼열을 향해 오자 삼열은 뒤로 재빠르게 물러났다. 양쪽 더그아웃에서 선수들이 뛰어나와 그를 말렸다. 심판이 다가와 그에게 주의를 주었다.

"저 자식이 일부러 그랬다고요. 두 번이나요."

"꼴값하네. 누가 그렇게 플레이트 가까이 다가서래? 스트라이크 존에서 공 두 개밖에 안 빠졌다고. 그렇게 바짝 다가서면 투수보고 공을 던지라는 거야, 말라는 거야. 매너 없는 새끼. 그렇게 4번 타자가 돼서 한 6할 치나 보지?"

삼열의 말에 나덕수는 멍해 있다.

고의적으로 던진 것은 확실했지만 그의 말대로 공이 스트라이크 존에서 불과 공 두 개 정도밖에 벗어나지 않았다면 이는 언제든지 투수가 던질 수 있는 범위 안의 투구이다. 문제는 그가 의도적으로 던졌다는 사실이다.

"언제든지 다가서라. 해골 쪼개줄 테니까. 아마 야구에서 네 놈처럼 해봐라. 프로 가기 전에 병신 되기 십상이다."

"둘 다 떨어지고, 계속 말썽을 일으키면 퇴장시킬 것이다."

심판의 말에 나덕수가 제자리로 돌아갔다. 이번에는 할 수 없이 플레이트에서 떨어져 배트를 잡았다. 그러자 삼열이 제대로 공을 던지기 시작했다.

'저런 새끼들이 설치면 공을 제대로 못 던지지.'

결국 나덕수는 포볼로 걸어 나갔지만 후속 타자는 가볍게 삼자범퇴 당했다.

7회를 마무리하고 더그아웃에 들어서자 치호가 다가와 괜찮으냐고 물었다.

"저런 비매너 타자는 1점을 주더라도 확실하게 바로잡아야지. 까불면 다시는 야구를 못 하게 만들어야 해."

"형, 너무 무서워요."

"원래 내가 좀 살벌하긴 하지. 인간성도 좋지 않고."

"형 인간성은 좋아요."

"그건 네가 잘못 아는 거야."

삼열은 비열한 웃음을 흘리며 말했다.

그는 남을 배려하는 성격이 아니다. 끝없이 투쟁하는 성격이라 자신에게 도전하는 상대를 그대로 내버려 두지 않는다. 삼열에게 있어 한 경기를 이기고 지는 것은 그다지 중요한 게 아니었다.

그는 먼 길을 준비하며 나아간다. 기꺼이 한두 경기 정도는 버릴 준비를 하고 마운드에 선다. 그의 꿈은 메이저리그이지 아마추어 야구가 아니었다. 삼열에게 공은 자신의 삶을 던지는 투쟁이었다.

유승대는 그런 삼열을 바라보며 웃었다. 아마 야구에서는 삼열의 태도가 비열한 것이기는 했지만 그는 그런 투지를 좋아했다. 송치호는 너무나 착하게 공을 던져 불리한 경기를 하는데 삼열은 그렇지 않았다.

경기는 계속되었다. 삼열은 타석에 들어서서 박수홍에게 공을 아홉 개나 던지게 만들고 결국 볼넷으로 진루했다.

"안녕."

"그래, 안녕이다, ×발 놈아."

"형한테 말 함부로 하네. 일 년 휴학했거든."

"그래……?"

1루수 이명수는 말끝을 죽였다. 기분 나쁜 놈이지만 자기와 직접 싸운 것도 아니고 문제가 생기면 또 무슨 짓을 할지 몰라 그냥 넘어갔다.

"내가 뛸까, 안 뛸까?"

"모르겠… 는데?"

"당연히 뛰겠지."

삼열은 투수가 변화구를 던지자마자 2루로 뛰었다. 포수가 공을 잡아 2루로 던졌지만 이미 그는 베이스를 밟고 손까지 흔들고 있었다.

삼열은 2루수에게 또 인사를 했다.

"안녕."

그러나 2루수 박중호는 대답하지 않았다.

"인생 그렇게 살지 마라. 형이 먼저 인사하면 착한 어린이는 대답해야지."

"커험, 이번에도 뛸 거냐?"

"당연하지."

"너 졸라 빠르더라?"

"항상 뛰니까."

1번 타자 오동탁이 다시 타석에서 배트를 휘둘렀다. 빗맞은 공은 내야 땅볼에 지나지 않았지만 삼열은 이미 3루에 가 있었다.

2번 타자 남우열이 들어서자 삼열이 박수를 쳤다.

"파이팅!"

남우열이 삼열의 목소리를 듣고 그를 향해 손을 흔들었다. 박수홍의 공이 워낙 좋아 타자들이 공략하기 힘들었다. 원아웃에 3루이니 외야 플레이 하나만 해도 득점이 가능한 상태이다.

삼열은 3루 베이스를 밟고 태양처럼 환한 웃음을 지었다. 깡 하는 소리와 함께 공이 2루수 앞으로 굴러갔지만 그사이 이미 삼열은 홈베이스를 밟았다.

미카엘이 말한 육체의 개조가 빛을 발하는 순간이었다.

"와아!"

"대단하다!"

삼열이 득점하자 대광고의 더그아웃에서 큰 함성이 터져 나왔다.

포볼로 나가 도루에 성공하고, 그것도 모자라서 2루 앞 땅볼에 홈으로 들어온 것이다. 그만큼 3루에서의 삼열의 리드 폭이 좋았던 것이고, 때문에 남우열이 공을 치자마자 홈으로 득달같이 달려올 수 있었다.

덕수고의 투수 박수홍은 기분이 나빴다. 주는 것 없이 미운 삼열을 보고 화가 났다. 얼마나 얄밉고 비열한 놈인가. 그런 놈에게 점수를 내줬다는 생각에 기분이 상하였다.

안타를 때리려고 하는 의도는 전혀 보이지 않고 스트라이크는 걸러내고 볼은 통과시킨 다음에 볼넷으로 진루해서 도루를 시도하고 득점을 한 것이다.

그는 삼열이 도루를 시도하는 자체를 느끼지도 못하였다. 그만큼 삼열이 그의 허점을 날카롭게 파고들어 점수로 만들었다.

투수에게 가장 기분 나쁜 것 중의 하나가 볼넷이고, 그다음이 도루다. 물론 히트 바이 어 피치드 볼도 기분 나쁘긴 마찬가지이고.

'비열한 새끼.'

박수홍만 그렇게 생각하는 것이 아니었다. 덕수고에 소속된 선수라면 누구나 그렇게 생각할 만큼 삼열은 얄밉게 행동했다.

9회가 될 때까지 대광고는 더 이상의 점수를 얻지 못했다. 이는 덕수고도 마찬가지였다. 스코어는 2 : 1, 대광고의 리드다.

어느 누구도 예상하지 못한 일이 발생하자 덕수고는 큰 충격에 휩싸였다.

불과 얼마 전까지 2진급 선수들이 나서서도 13점 차로 승리를 했던 팀이다. 그때 삼열도 구원 등판하여 무려 7점이나 실점했다.

그런데 이제는 완전히 다른 팀이라고 해도 믿을 수 있을 정도로 달라져 버린 것이다.

장팔수 감독은 기가 막혔다. 특히나 깐죽거리면서 도루에 홈까지 파고드는 삼열의 주루 플레이는 타의 추종을 불허했다. 왜 유승대 감독이 그를 타자로 쓰지 않는지 의아할 정도의 실력이다.

유승대도 비로소 삼열의 주루 플레이가 눈에 들어왔다. 그동안 타자로서의 재능이 조금 있는 것 같기는 했지만, 지금의 삼열은 이해할 수 없을 정도로 야구를 잘했다.

이제 야구를 시작한 지 1년 남짓 되었는데 그 누구보다도 야구 센스가 뛰어났다.

'천재는 운동을 해도 다른가 보군. 불공평한 더러운 세상이야.'

유승대는 팀이 이기고 있어 기분이 좋으면서도 한편으로 찜찜했다. 만성적인 열등감이 또 그의 의식 표면으로 고개를 든 탓이다.

"아자, 아자! 파이팅!"

삼열이 마운드에서 소리를 지르자 대광고 선수들도 한목소리로 파이팅을 외쳤다.

덕수고의 공격은 다시 2번 타자부터 시작되었다. 선두 타자가 타석에 들어서자 삼열의 공이 날아들어 왔다.

펑.

"스트라이크."

각이 큰 변화구였다. 2번 타자 조진욱은 타이밍을 맞출 수 없어 배트를 휘둘러 보지도 못하였다.

'이번엔 직구겠지.'

조진욱이 직구를 기다렸지만 들어온 것은 변화구였다. 타이밍을 빼앗긴 상태에서 배트를 휘둘렀고, 그 때문에 공이 빗맞아 3루수 앞으로 데굴데굴 굴러갔다. 3루수 오종록이 공을 잡아 1루에 던져 타자를 아웃시켰다.

삼열은 3번 타자가 직구를 노리는 것을 알아챘다. 관찰력이 뛰어난 그렉 매덕스는 타자의 모습을 보고 어떤 공을 노리는지 알았다고 한다.

삼열는 아직 그 정도로 노련하지는 못했지만, 이상할 정도로 감이 뛰어나 선수들이 무슨 공을 기다리는지 알 수 있었다.

삼열은 속으로 피식 웃으며 타자가 원하는 직구를 던져 줬다.

빠른 직구가 몸쪽으로 들어가자 마병풍 타자는 배트를 힘껏 휘둘렀다.

딱.

공이 맞았으나 제대로 중심을 맞추지 못해 내야로 뜨고 말았다. 삼열이 재빨리 뒤로 두 걸음 물러나 공을 잡았다.

내야 플라이 아웃이다. 삼열이 던진 공은 투심 패스트볼로 타자의 몸쪽에서 바깥쪽으로 휘어져 들어갔다. 빗맞은 공이 재수 없게도 내야 쪽으로 향한 것이다.

아웃 카운터 하나를 남겨놓고 팀의 중심 타자인 나덕수가 타석에 들어섰다. 그가 홈런을 때려내거나 안타라도 치고 출루를 해야 패배를 면할 가능성이 조금이라도 생기는 상황이다.

"자, 와라."

나덕수가 중얼거렸다. 타석에 바짝 다가섰으나 아까처럼 플레이트에 극단적으로 당겨 서지는 않았다. 1구는 바깥쪽으로 빠지는 커브가 볼이 되고 말았다.

'흠, 직구를 원하는 모양이네. 뭐, 그럼 던져 주지.'

삼열은 포심 패스트볼을 던졌다.

펑!

"스트라이크"

공이 언제 지나갔는지도 모르게 포수의 미트에 꽂혔다. 마치 특급열차가 꽉 하고 지나간 것 같았다.

덕수고 감독 장팔수는 자리에서 벌떡 일어나 삼열을 바라보았다. 믿을 수 없을 정도로 빠른 볼이었다. 그가 생각하기로는 고교야구의 최고 구속을 능가할 정도로 보였다.

박찬호가 메이저리그를 가기 전 고교야구에서 150km/h에 이르는 공을 던졌는데, 지금의 공이 그에 버금가는 공이었다.

놀라기는 유승대 감독도 마찬가지였다. 삼열이 가끔가다 제법 빠른 공을 던지기는 하였지만 지금처럼 엄청난 속도는 아니었다.

"헉!"

"와우!"

"대단한 속도야!"

대광고 선수들은 소리를 지른 반면 덕수고의 선수들은 얼굴이 굳었다. 제3구도 빠른 직구가 들어왔다. 나덕수가 배트를 빠르게 휘둘렀지만 공은 이미 지나간 다음이었다.

펑.

"스트라이크."

스트라이크 존에서 공이 두 개 정도 빠져서 들어갔지만 너무나 빠른 직구라 나덕수가 볼이라는 것을 눈치챘을 때에는 이미 배트가 힘껏 돌아간 다음이었다.

"젠장!"

나덕수의 얼굴도 구겨졌지만 포수 심재명의 얼굴도 그다지 좋아 보이지는 않았다. 손바닥이 참기 힘들 정도로 아팠던 것이다.

제4구로 각이 큰 변화구가 들어오자 나덕수는 반사적으로 배트를 휘둘렀다.

딱.

공이 하늘 위로 떴다. 심재명이 포수 마스크를 벗고 재빨리 뒤로 달려가 공을 잡았다.

파울 플라이 아웃으로 경기는 끝났다.

"와아!"

"만세!"

"이겼어! 우리가 덕수고를 이기다니 믿어지지 않아!"

더그아웃과 수비진이 모두 기뻐 소리를 지르며 삼열에게 다가왔다.

"형, 축하해요."

"고맙다."

삼열은 선수들의 환호를 받으며 타석을 흘깃 보았다. 화난 표정의 나덕수가 그를 노려보고 있다. 삼열은 그런 그가 못마땅하였다. 그래서 슬그머니 가운뎃손가락을 치켜세웠다.

"저 새끼가 끝까지 갈구네. ×발, 가만 안 둬."

나덕수가 뛰쳐나가려는 것을 마침 지나가던 송치호가 보고 그의 어깨를 잡았다.

"×발, 뭐야?"

"너, 저 형 알아?"

"몰라, 새끼야."

"너 죽으려고 환장했구나? 저 형은 우리 학교 일진도 도망다니게 만드는 형이야."

"뭐?"

아직 송치호의 말이 무슨 뜻인지 감이 안 잡힌 그가 반문했다.

"저 형은 일진 짱도 어쩌지 못해."

"그… 래?"

"우리 야구부에 있는 깡패 같은 새끼도 저 형 건드려서 죽다 살아났어. 무릎 꿇고 빌고 나서야 용서받았어."

"정말… 이냐?"

"×발, 내가 왜 거짓말을 해?"

"보기보다 싸움을 잘하나 보네."

"싸움은 존나 못해."

"그럼?"

"때리다가 상대가 먼저 지쳐. 저 형 몸도 엄청 빠르니까. 게다가 네가 시비를 걸면 저 형 야구 때려치우고 니네 학교 정문에서 죽치고 있을 거다. 저 형은 네가 어디 부러지고 뽀개져도 전혀 신경 안 쓰고 죽을 때까지 팰걸."

"헐."

나덕수의 손에서 힘이 빠져나갔다.

삼열이 치호를 불렀다.

"송치호."

"네, 형."

송치호가 삼열이 있는 곳으로 뛰어갔다.

"쟤 뭐라고 그러냐?"

"형하고 한번 뜰까 하는 것 같은데요."

"정말?"

"네."

삼열이 나덕수를 바라보자 그는 움찔 놀라며 급히 딴 곳을 바라보았다. 그 모습을 보고 삼열이 피식 웃었다.

"빨리 가자."

"네."

돌아오는 차 안에서 내내 선수들은 기분이 좋아 흥겹게 노래를 부르거나 대화를 했다.

설마 자기들이 덕수고를 이길 수 있을 것이라고는 전혀 생각도 하지 못했다. 그저 한번 해볼 만하다는 정도였는데 덜컥 승리한 것이다.

모두가 즐거워하는 가운데 유승대는 심각한 고민에 휩싸였다. 그가 생각하기에는 삼열이 고교 최고의 투수인 것 같았다. 언제나 실실거리고 투구폼에만 신경 써서 그동안 몰랐다. 등잔 밑이 어둡다고 자신이 그 짝이었다.

그리고 그 놀라운 주루 플레이는 도대체 무엇이란 말인가. 삼열이 도루를 시도할 때의 타이밍은 기가 막혔다.

도루를 잘하는 대부분의 선수는 투수가 공을 던질 때 한 타이밍 빠르게 2루로 뛰는데 삼열의 경우는 두 타이밍이나 빨랐다.

그제야 매일 아침 운동장을 뛰던 삼열의 모습이 생각났다.

'그런데 그 정도의 실력이 있으면서 그동안 왜 이야기를 하지 않았을까?'

유승대는 다음 시합에서는 삼열을 1번 타자로 기용해 볼 생각이다. 적어도 고교야구에서는 그 어느 팀도 삼열이 도루하는 것을 저지할 수 없을 것 같았다.

왜냐하면 평상시 주루에서 삼열의 리드 폭이 크지 않기 때문이다. 그래서 상대 투수는 삼열이 도루할 것이라고 전혀 생각하지 못한다.

'잘하면 엄청난 놈이 될 것 같은데?'

유승대는 회심의 미소를 지었다. 더군다나 시합에 져서 낭패한 얼굴을 하고 있던 장팔수 감독의 모습이 떠오르자 기분이 좋아졌다.

선수들은 대광고에 내려 가볍게 몸을 풀고 집으로 돌아갔다. 유승대는 삼열을 따로 불렀다. 감독의 사무실에서 유승대가 삼열에게 말했다.

"너, 마지막에 던진 그 공 말이다. 적어도 150㎞/h 정도는 되는 것 같은데, 어떻게 된 것이냐?"

"아직 잘 던지지 못합니다. 투구폼이 완전하지 못해서요. 한두 번이면 몰라도 계속 그렇게 던질 수는 없습니다."

삼열은 거짓말을 했다. 시합 내내 그렇게 던질 수는 없지만 적어도 몇 회는 그렇게 던질 수 있는 체력이 있다. 하지만 전력투구를 하면 투구폼이 무너질지도 모른다는 이상영의 말을 철석같이 믿고 있는 그로서는 순순히 감독이 시키는 대로 할 이유가 없었다. 적어도 그는 고교야구에서 무리할 생각이 전혀 없었다.

"그래? 아쉽구나. 그러면 다음 시합에서는 타자로 경기를 해보는 것은 어떠냐?"

"네?"

"그러니까 말이다, 네가 선구안도 좋고 발도 빨라서 하는 말인데, 타자로서의 가능성도 굉장하다고 생각되거든."

"그래도 저는 투수인데요."

삼열은 불만스러운 표정으로 대답했다. 얼마나 많은 시간을 투수로서 경기에 임하기 위해 노력해 왔던가. 이를 생각하면 터무니없는 말이었다.

"그게, 타자로 활약하다가 치호가 힘이 떨어지면 투수로 위치를 이동하는 거야. 고교야구에서 가끔 있는 일이지. 미국의 메이저리그에서도 투수 중에 홈런을 친 선수들이 꽤 있거든."

"아, 네."

투수가 홈런을 치는 일은 흔하지 않지만 그렇다고 아주 없는 일도 아니었다. 박찬호도 메이저리그에서 세 개의 홈런을 쳤다. 그리고 홈런 타자 베이브 루스도 원래는 강속구를 던지는 좌완 투수였다. 그는 1915년에 18승(8패, 2.44)을 하였고, 다음 해에는 23승에 평균 자책점이 1.75였다. 반대로 최고의 마무리 투수인 마리아노 리베라는 원래 유격수로 출발했다.

존 스몰츠는 정규 시즌에 도루 세 개, 포스트 시즌에도 세 개의 도루를 성공시킬 정도로 발이 빨랐다. 타격왕을 두 번이나 차지하고 아메리칸 리그의 첫 MVP가 된 조지 시슬러도 원래는 투수였다. 그는 데뷔 첫해에 전설적인 투수 월트 존슨과의 맞대결에서 2 : 1로 승리했다.

이처럼 고교야구에서만 타자와 투수를 겸할 수 있는 것은 아니었지만 그렇다고 오랫동안 할 수는 물론 없었다.

시큰둥한 삼열의 반응에 유승대는 좀 더 생각해 보자고 하고 돌려보냈다.

삼열은 서둘러 집으로 왔다. 타자로 경기에 임하는 것이 어떠냐는 감독의 말에 내키지 않았다. 아직 투수로서도 제대로 하고 있지 않은데 무슨 타자인가. 이제 자신은 겨우 송치호를 구원 등판하는 투수에 불과하다.

씻고 침대에 누워 TV를 켰다. 경기가 일찍 끝나서인지 아직 네 시도 안 되었다. 창밖을 보니 날이 너무나 좋았다. TV를 보다 설핏 잠이 들었다.

문득 인기척에 깨어보니 수화가 와 있다.

"어머, 깼네?"

"아, 왔어요?"

삼열이 재빨리 일어나 덮치듯 수화를 꺼안았다.

"캬!"

"으음."

삼열이 수화의 입을 더듬자 그녀는 슬쩍 몸을 비틀어 그의 품에서 빠져나왔다.

"왜요?"

"못됐어. 아무리 내가 너를 사랑해도 마음의 준비를 해야지."

"아, 그런 거예요?"

"그럼. 넌 여자가 얼마나 섬세하고 여린지 알지 못하는구나?"

삼열은 수화의 잔소리를 들으며 속으로 중얼거렸다.

'쳇, 섬세하고 여린지는 모르겠지만 변덕스럽고 멋대로인 건 안다고요.'

하지만 그런 생각을 감히 입 밖으로 꺼낼 용기는 없었다.

결국 수화의 손에 이끌려 삼열은 집을 나왔다. 덕수고를 이겼다는 말에 수화는 기뻐하며 축하를 해주었지만 그것이 다였다. 덕수고가 얼마나 대단한 학교인지를 알지 못하는 수화로서는 그 이상의 축하를 해줄 수 없었다.

압구정동 거리를 걸으며 맛있는 것을 사 먹었다. 오늘따라 왠지 즐거워 보이는 수화를 보며 삼열도 덩달아 기분이 좋아졌다. 이렇게 명랑하고 밝은 모습의 수화는 마치 빛나는 별처럼 아름다웠다.

"저, 혹시······."

"응? 뭐?"

"아, 아니에요."

"말해봐."

"오늘따라 즐거워 보여서요. 무슨 일이 있나 하고요."

"응, 너랑 같이 살면 어떨까 하고 집에서 상상해 봤는데 되게 근사했어. 넌 상냥하고 친절하잖아. 그리고 난 이렇게 예쁘니까 우리 아들딸들이 태어나도 귀여울 거 아냐. 그리고 네가 나를 잘 챙겨줄 것 같으니까. 그래서 기분이 좋아졌어."

"아, 그렇죠. 우린 정말 잘 어울려요."

삼열이 재빨리 수화의 말에 호응했다. 심리학 책에서 본 것이 갑자기 생각났다. 여자와 남자가 연애할 때는 차이점보다는 공통점을 말하는 것이 상대방의 마음을 쉽게 얻을 수 있다고 했다.

"그렇지?"

수화는 삼열의 말에 해맑게 웃었다.

데이트를 한다고 하더라도 삼열이 고등학생이라 갈 수 있는 곳이 많지 않았다. 그냥 거리를 돌아다니다가 영화를 보고 집으로 돌아왔다. 그런데 수화는 그것만으로도 좋은지 콧노래를 흥얼거렸다.

"우리 청평이나 춘천으로 놀러 가자."

"청평이요?"

"응, 그동안 같이 여행을 안 했잖아."

"그래도 당일치기로는 너무 빠듯하지 않을까요?"

"괜찮아. 뭐하면 자고 오면 되지."

"부모님이 걱정하지 않겠어요?"

"걱정… 하시려나?"

수화는 고개를 갸웃거리며 고심하는 것 같다. 삼열은 가만히 그녀의 옆에 서 있었다.

"아무튼 우리도 좀 놀러 다니자구."

"그래요. 아, 그런데 전 오늘 같이 있고 싶은데……."

"밤새도록?"

"네."

"아이, 그래도… 아니, 나도… 사실은 원해."

수화가 얼굴을 붉히며 행복한 표정을 지었다. 아직까지 같이 밤을 지새운 적은 단 한 번도 없다. 밤을 같이 보내면 어떨까 하는 생각에 두 사람은 가슴이 두근거리며 얼굴이 붉어졌다.

"집에 전화해 볼게."

"정말이요?"

"응, 나도 너와 함께 있고 싶어."

수화는 집에 전화해서 친구의 집에서 자고 들어간다고 거짓말을 했다.

처음으로 둘이 함께 오랜 시간을 보내게 되자 삼열은 기분이 좋아졌다. 아주 가끔 수화와 함께 아침을 맞고 싶다는 생각을 하긴 했다.

혼자 사는 외로움은 생각보다 컸다. 늘 집에 들어오면 사람의 흔적, 온기, 따뜻함을 느끼고 싶었다. 인간은 사람과 더불어 살아야 한다. 혼자 살면 마음이 사막처럼 황폐해진다.

부모님이 돌아가신 후로 처음으로 다른 사람과 밤을 보내게 된 삼열은 기분이 몹시 좋았다. 왜인지는 알 수 없었지만 마음이 말할 수 없이 따뜻해졌다.

가끔 하는 수화의 잔소리는 음악처럼 달콤했다. 왜냐면 자신을 걱정해서 하는 소리이기 때문이다.

세상에 대해 닫혀 있던 문이 열린 것도 그녀의 사랑 때문이다. 사랑은 그로 하여금 세상을 향해 나아갈 수 있는 용기를 심어주었다.

하룻밤을 같이 보낸다면 초저녁부터 섹스를 할 것이라는 삼열의 기대와 달리 많은 이야기를 나누며 시간을 보냈다. 같이 한 공간 안에 있다는 것 자체가 좋아 종달새처럼 지저귀는 그녀를 삼열은 가만히 지켜보았다.

그러나 젊은 남녀가 밤을 지새우기에는 둘의 피가 너무나 뜨거웠다. 가만히 있어도 흥분이 되고 몸이 찌릿찌릿해지는 바람에 삼열과 수화는 서로를 향해 몸을 움직일 수밖에 없었다.

"정말 행복해."

"나도요."

삼열이 대답했다. 그는 지금 이 순간을 믿을 수가 없었다. 불과 얼마 전까지만 해도 지옥 같은 생활을 했다. 천재적인 머리를 타고난 것 외에는 온통 저주로 뒤엉킨 몸이었다. 그런데 이제는 비록 제한이 걸린 육체이기는 해도 보통 사람보다 더 건강하고 예쁜 애인까지 생겼으니 말이다.

"좀 쉬었다 하자."

"그래요."

삼열은 천천히 일어났다. 수화가 삼열의 입에 입을 맞추었다.

"음, 넌 내 거야. 내 거. 음, 내 거."

수화가 삼열의 볼에 마구 입을 비볐다.

"반칙이에요. 쉬자고 했잖아요."

"이제는 됐어. 쉬었잖아. 이제 나를 기쁘게 해줘."

"이번엔 쉬자고 해도 안 돼요?"

"흥, 여자를 조심히 다뤄야지."

"이보다 더 어떻게 소중하게 다뤄요?"

"피이."

두 사람은 아침이 오도록 서로를 느꼈다. 그러고는 잠이 들었다.

낮이 되어 일어난 수화는 다리가 아파 제대로 걷지도 못하였다. 그러면서도 행복한 웃음을 환하게 지었다. 삼열은 잠을 자고 나자 몸이 상쾌하여 수화를 노려보았으나 그녀의 몸 상태가 좋지 못하자 포기하고 말았다. 그런 그의 모습을 보고 수화의 입이 튀어나왔다.

"왜요?"

"너는 짐승이야. 어떻게 밤새도록 그렇게 하고서도 또 할 생각을 하는 거지?"

"그러게요. 미안해요. 수화 씨가 너무 예뻐서 그랬어요."

"흥."

수화는 삐친 표정을 지었지만 삼열의 예쁘다는 말에 금세 풀어졌다.

점심을 먹고 수화는 집으로 돌아갔다.

그리고 잠시 후에 문자가 왔다.

[어제 정말 좋았어. 사랑해.]

[저도 사랑해요~♥♥♥♥♥♥♥×10,000]

삼열은 잠시 쉬다가 오랜만에 러닝머신에 올라 뛰고 또 뛰었다. 뛸수록 몸이 시원해졌다. 이상한 일이었다. 이전에는 느끼지 못한 현상이다.

'뭐지?'

삼열은 자신의 몸에서 일어나는 이 신비로운 현상에 당황하면서도 뛰는 것을 멈추지 않았다. 또 어떤 일이 일어날지 기대가 되기도 했다.

집으로 돌아온 수화는 팔짱을 끼고 자신을 노려보는 장미
화를 보고는 움찔 놀랐으나 뻔뻔한 얼굴로 그녀를 바라보았
다.

"왜 그러고 있어?"

"너 이 계집애, 어디 있다가 지금에야 들어오는 거야?"

"엄마는, 친구 집에서 자고 온다고 했잖아."

"친구 누구?"

"엄마, 딸의 사생활에 간섭하려는 거야?"

"당연하지. 결혼하기 전까지는 내 보호하에 있어야 해."

"이렇게 몸 건강하게 무사히 돌아왔잖아. 혹시 내가 어디로
납치되기를 바란 것은 아니지?"

"못된 년. 말을 해도 꼭 그런 살벌하게 해야겠니? 너 혹시
남자랑 있다 온 건 아니지?"

"남자랑 있다 오면 안 돼? 저번에 그랬잖아. 엄마가 남자도
사귀어보라고. 남자랑 사귀다 보면 같이 자고 돌아오기도 하
는 것 아냐?"

"너, 너 말을 어, 어떻게 그렇게 하니?"

"피곤해."

"왜 피곤한데? 밤새도록 뭐 했는데?"

"그냥 친구랑 이야기하느라고 잠을 좀 설쳤어."

수화는 양심이 찔리기는 했지만 삼열과 하면서도 많은 대화를 했으니 완전한 거짓말은 아니다.

장미화는 한숨을 내쉬었다. 눈치를 보니 남자랑 있던 것 같은데 시간을 되돌릴 수는 없으니 주의를 주는 선에서 끝낼 수밖에 없었다.

수화는 엄마의 잔소리를 뒤로하고 자신의 방으로 들어왔다. 나른한 피로가 온몸을 사로잡았다. 그러나 기분만큼은 좋았다.

'애들 말로는 10분이면 끝이라는데 삼열이는 도대체 뭐야? 아휴.'

수화는 몸을 부르르 떨었다. 생각만으로도 너무나 황홀했다. 자신이 아직 섹스에 눈을 떴다고 생각하지는 않았다. 하지 않으면 몸살이 나거나 그러지는 않으니까. 그런데도 너무나 좋았다.

'꼭 잡아야 해. 이런 남자를 어디 가서 구해. 이렇게 여자를 만족시켜 줄 남자가 흔하지 않다는 것은 다른 사람에게 들어 보지 않아도 알 수 있어. 어떻게 하면 그를 내 사람으로 만들까? 확 결혼해 버려?'

수화는 삼열과 정열적인 밤을 지새운 이후 더욱 그에게 빠졌다. 새삼 삼열이 보석이라는 것을 깨달은 것이다. 그러니 남들이 그 가치를 알아채기 전에 자신의 것으로 만들어야 하는데 뾰족한 방법이 생각나지 않았다. 삼열이 착하긴 한데 남녀 사이에는 그런 게 소용이 없다. 물론 아주 상관이 없는 것은 아니지만 그다지 중요한 요소는 아니다.

'별수 없어. 계속 세뇌시키는 수밖에. 삼열이는 돈도 많고 밤일도 잘하니 최고의 남편감이야.'

수화는 빙그레 웃었다.

'이 미모로 삼열이를 확 잡아야 해.'

수화는 삼열이 대학생이 되면 결혼하자고 할까 생각해 보았다. 그리고 전화를 했다.

—여보세요.

"나야."

—네, 나 또 수화 씨가 보고 싶어졌어요. 목소리를 들으니 말이죠.

"우리 결혼할 거지?"

—물론이죠. 같이 자기도 했는데 결혼은 당연히 해야죠.

"뭐야, 나와 잤으니 결혼하자는 거야?"

—아뇨, 수화 씨랑 같이 살면 행복해질 것 같아서요.

"그, 그런 거지?

—네, 물론이죠.

"너, 나 말고 다른 여자 만나면 가만 안 둘 거야."

─말도 안 되는 소리 하고 싶어서 전화했어요?

"뭐야?"

─난 수화 씨 말고는 절대로 다른 여자를 여자라고 생각 안 한단 말이에요.

"정말이지?"

─그럼요.

수화는 삼열의 말에 마음이 편해졌다. 따뜻한 바람이 가슴을 가득 채우고 있는 느낌이다. 그리고 그녀는 그 느낌이 행복이라는 것도 알았다.

*　　　　*　　　　*

오늘 낮에는 봄날 같지 않은 더위가 느껴졌다. 그리고 저녁에는 차가운 바람이 불더니 비가 쏟아졌다. 덕분에 아파트의 나무들은 더 짙은 녹색으로 변했다.

삼열은 집에서 하루 종일 운동을 하며 시간을 보냈다. 삼열이 저녁 준비를 하는데 초인종이 울렸다. 문을 여니 수화가 서 있다.

"어, 웬일이에요?"

수화는 급하게 문을 닫고 삼열에게 다가와 입을 맞추었다.

"읍."

갑작스러운 키스에 놀란 삼열은 멈칫하다가 그녀를 껴안고 더 깊게 키스를 했다. 혀가 부딪치자 자연 삼열의 것이 반응했다.

"아, 우리 할까요?"

"아냐. 키스만 해줘."

"그럴게요."

삼열은 수화를 조심스럽게 안고 입을 맞추며 귀에 더운 바람을 불어넣었다. 그러자 수화가 움찔했다. 목에 입을 맞추자 수화는 정신을 차리지 못했다.

"잠깐만."

"왜요?"

"아냐. 아, 정말… 어떻게 해."

"뭐가요?"

"으……."

"왜요?"

"몰라. 흥분이 돼서."

수화가 얼굴을 붉히며 고개를 숙였다. 삼열은 그런 그녀를 껴안고 속삭였다.

"고마워요. 나를 사랑해 줘서."

삼열의 말에 수화는 용기가 났는지 환하게 웃었다. 그런 수화를 삼열이 조심스럽게 안아 침대에 눕혔다.

"뭐 해?"

"가만있어 봐요."

두 사람은 서로의 몸을 껴안고 가만히 침대에 누웠다.

삼열이 수화의 손을 잡고 물었다.

"내일 뭐 할 거예요?"

"집에서 쉴 거야."

"아, 미안해요."

"뭐가? 내가 좋아서 했던 건데. 너를 사랑해서 하는 거야."

"알아요, 알아."

삼열은 수화가 늦게 집으로 돌아가자 운동하는 것을 멈추고 침대에 누워 잠을 청하였다.

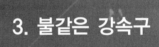

3. 불같은 강속구

이번 주는 월요일부터 중간고사를 본다. 다른 학교보다는 일주일 정도 늦은 시험이다. 삼열은 틈틈이 시험 준비를 했기에 문제를 푸는 데 어려운 점은 없었다. 특히 일찍부터 수능 준비를 한 것이 큰 도움이 되었다.

시험이 끝나면 주말 리그 준비를 해야 하는 야구부로서는 중간고사가 부담스러울 수밖에 없다.

"삼열이 형, 시험 잘 봤어요?"

"그런대로. 너는?"

"저야 죽을 썼죠."

조영록이 머리를 긁적이며 말했다. 삼열에게 엉기다가 죽을 뻔한 그는 이후에 삼열을 보면 기를 못 폈다. 그러다가 최근에 친해져 이렇게 편하게 말을 주고받는 사이가 되었다.

"별수 있나, 연습이나 해야지."

"네, 그렇죠."

삼열이 운동장을 돌자 일찍 나온 야구부원늘이 따라붙었다. 이제는 굳이 삼열이 함께 뛰지 않아도 야구부원들은 나오는 순서대로 서른 바퀴씩 운동장을 돌았다. 기초 체력이 얼마나 중요한지 확실히 인식한 것이다.

체력이 강해지니 경기가 길어져도 힘들지가 않다. 만약 기초 훈련을 착실하게 하지 않았다면 실수도 부상도 더 많았을 것이라는 것을 알고 있기에 야구부원들은 뛰고 또 뛰었다. 그것이 삼류 야구부가 덕수고를 이기게 해준 힘이라는 것을 비로소 알게 된 것이다.

덕수고를 이겼을 때의 그 감격은 무어라 말로 할 수 없을 정도였다. 2진급 선수들에게도 무참하게 패했는데 본 경기에서 다시 만나 복수한 그 카타르시스는 너무나 짜릿했다. 그 감격은 경험해 본 사람들이라면 누구나 잊지 못할 것이다.

야구는 투수 놀음이라는 말이 괜히 생긴 것이 아니다. 투수가 강하면 적어도 점수는 내주지 않는다. 이길 수는 없어도 지지는 않는다는 말이다. 그러기에 강한 팀은 투수가 강하다.

대광고는 올해 두 명의 강력한 투수를 갖추었다. 더 이상 약한 팀이 아니다. 타자들도 체력이 강해지자 예전과는 달리 당당하게 배트를 휘두를 수 있게 되었다. 어깨를 펴고 당당하게 타석에 들어서 투수의 공을 노려 치니 자연 득점이 많아졌다. 역시 모든 것은 기초가 가장 중요했다.

운동장을 뛰고 온 삼열이 잠시 쉬고 투구 연습에 들어설 때까지 다른 운동부원은 바닥에 널브러져서 헉헉거렸다.

"저 형은 터미네이터지 사람이 아냐. 로봇이나 안드로이드일 거야. 그렇지 않다면 저렇게는 못 하지. 헉헉!"

"맞아. 똑같이 따라 하다가는 제 명에 못 죽지. 비슷하게 하는 걸로 만족하자고."

"내 말이."

삼열은 투구 연습을 시작했다. 자세가 흐트러진 곳은 없나 꼼꼼하게 체크해 가며 섀도 피칭을 하고 나면 라텍스 밴드를 이용하여 허리 강화 훈련과 어깨 강화 훈련을 했다. 인간의 어깨 근육은 생각보다 약하다. 근육 자체가 작고 약하기 때문이다. 투수들이 어깨를 쉽게 다치는 이유도 여기에 있다. 그래서 어깨는 오랜 시간을 들여 아주 천천히 강화해야 한다.

신성석의 영향으로 어깨를 다칠 확률은 거의 없지만 그럼에도 불구하고 삼열이 어깨를 강화하는 이유는 더 강력한 공을 던질 수 있고 더 오랫동안 투수를 할 수 있기 때문이다. 그는 하루도 빠지지 않고 어깨 훈련을 하였다. 훈련은 꾸준히 하는 것이 중요했다.

20분 후에 송치호가 삼열이 하는 운동을 따라 했다. 그도 이상영에게 어깨 근육을 단련해야 한다는 것을 누누이 들었기에 삼열이 하는 만큼은 하고 있었다. 나이 어린 것만 믿고 어깨 훈련을 등한시하면 금방 망가질 수도 있으니 주의를 기울여야 했다.

삼열은 라텍스 밴드를 1단계에서 훈련하다가 지금은 4단계를 사용하고 있다. 무리하지 않고 천천히 한다고 하는데도 마지막 단계 전인 4단계의 밴드를 사용할 수 있을 정도로 어깨의 힘이 길러진 것이다.

삼열이 운동을 끝내고 의자에 앉아 있으니 치호가 다가왔다.

"이것도 지겹네요."

"운동은 자기와의 싸움이야. 한번 타협하기 시작하면 망가지는 것은 한순간이야. 그러니 훈련하는 것을 행복하게 생각해야 해. 그렇지 않으면 고통스러우니까."

"맞아요. 끝없이 계속 이어지는 훈련은 정말 힘들어요. 그런데 운동을 하루 쉬면 몸이 알고 삼 일을 쉬면 감독님이 알아채더라고요. 그러니 하루도 쉴 수가 없어요."

"그래, 운동만 그런 것은 아니야. 모든 일을 중간에 멈추면 안 하는 것만 못해. 위대한 선수가 되려면 그만큼 훈련을 해야지."

"그, 그렇죠. 위대한 선수라⋯⋯."

치호는 삼열의 꿈이 자신보다 더 크다는 것을 알아차렸다. 동시에 부끄러움과 함께 도전 의식이 생겼다. 야구를 시작한 지 일 년 정도밖에 안 된 그도 꾸는 꿈을 그도 이제 꾸고 싶어졌다.

'정말 할 수 있을까? 지금보다 더 큰 꿈을 꾸고 그것을 이루는 것을 말이야.'

치호는 문득 하늘을 바라보았다. 4월의 하늘은 맑고 푸르렀다. 치호는 위대한 선수가 되려면 꿈을 먼저 위대하게 꾸어야함을 알았다. 하늘이 높듯 자신의 꿈도 높아질 수 있을까 생각했다. 그는 주먹을 꽉 쥐었다. 이제 그는 과거의 자신이 아니라는 것을 확신할 수 있었다. 그렇기에 큰 꿈을 꿀 수 있다고 생각했다.

약 두 시간의 자율 훈련이 끝나자 유승대 감독이 나와 팀 훈련을 시켰다. 다음 상대는 장충고다. 역사가 사십 년 된 학교로 전국대회에서는 우승하지 못했지만 야구 명문이다. 이 학교 출신으로 이병규 선수와 이종열 선수가 있다.

삼열은 유승대의 설명을 듣고 피식 웃었다. 명문고든 뭐든 간에 관심 밖이다. 어차피 그의 눈에 차는 학교는 없었다. 원래 건방지기가 하늘을 찌르는 성격인 그가 고개를 숙이는 것은 오직 애인인 수화밖에 없다. 그러니 유승대의 말에 그는 하품을 했다.

그런 모습을 유승대는 보고도 못 본 척했다. 대광고의 선생들 철칙 중 하나가 삼열이 수업 시간에 뭐를 하든 상관하지 않는다는 것이다. 괜히 아는 체했다가 망신당하기 십상이기 때문이다.

그도 역시 가까이서 삼열을 지켜보았더니 상종할 놈이 아니었다. 뭐, 신경을 끊어도 알아서 다 할 놈이니 그게 오히려 속편했다.

"자, 알아들었을 것 같으니 기초 훈련은 삼열이의 지도하에 알아서들 해라. 그리고 10분 휴식 후에 단체 훈련을 시작하겠다."

주장 김오삼이 있지만 어차피 그는 삼열의 말에 꼼짝을 못하기 때문에 훈련할 때는 삼열을 이용하였다.

원래 청소년기의 학생들을 지도할 때는 교사가 직접 하는 것보다 또래 집단에서 영향력이 높은 아이를 이용하는 것이 효율성이 높다. 그래서 있는 것이 주장인데, 그 주장이 삼열에게 꼼짝을 못하니 유승대도 별수 없었다.

천재인 데다가 연습광인 삼열이 이렇게 했으면 좋겠다고 의견을 제시하고 나면 그다음부터는 자신이 지도하는 것보다 효과가 좋으니 요즘은 즐거우면서도 뒷맛이 찜찜하기는 했다. 그래도 교장이 삼열을 신줏단지 모시듯 하니 굳이 척을 질 필요가 없겠다 싶어 친근하게 대하는 중이다.

대광고는 명문고를 지향하는 사립고다. 야구부가 있는 학교는 거의 대부분이 사립이다. 교장이 야구에 대한 철학이 없으면 야구부를 지원하는 것이 쉽지 않기 때문이다. 게다가 공립학교는 선배들이 애교심이 없어 후배 후원도 시원치 않은데 사립은 그렇지 않다. 그러니 대광고에서는 교장이 왕인 셈이다.

유승대는 요즘 신이 났다. 별로 유명하지도 않은 야구부의 감독으로 와서 시간만 죽이다가 퇴근하곤 했는데, 올해는 시합에서 연승을 거둬 주위의 선후배들 사이에서 어깨에 힘을 주고 다닐 수 있게 된 것이다. 또한 명문대에 특기자 전형으로 진학을 시키면 알게 모르게 들어오는 돈이 짭짤한 편이다. 돈을 좋아하는 그는 표 나지 않게 은근히 주머니를 채우는 노하우를 아주 잘 알고 있었다.

"자, 시작하자."

유승대의 말에 부원들은 흩어져 타구 연습과 수비 연습을 하기 시작했다. 그리고 포수인 심재명은 감독과 함께 장충고의 타자들을 분석했다.

송치호도 가끔 감독과 함께 타자들을 분석하기도 했지만

삼열은 전혀 그렇게 하지 않았다. 어차피 구원투수로 나서는 그는 경기를 하면서 상대 타자들을 살펴보면 어떻게 던져야 할지가 대충 감이 오기에 더 이상 시간을 낭비하고 싶지 않았다.

사실 그는 고교야구에서 이름을 날리려면 전국대회를 나가지 않으면 힘들다는 것을 알고 있었다. 다른 선수들처럼 중학교 때부터 이름을 알려오지 않았으니 그런 면에 있어서는 불리하였다.

삼열은 묵묵히 투구 훈련만 했다. 혹시 게으름을 피우는 학생이 있으면 가끔 째려보는 것만으로도 충분했다. 그의 무지막지한 성격도 한몫했지만 그동안 사준 자장면이 큰 역할을 했다. 사람은 얻어먹으면 말을 못 하게 되어 있다.

그렇게 시간이 흘러갔다. 중간고사는 3일 만에 끝났지만 훈련은 계속되었다.

삼열은 일찍 잠자리에 들었다. 내일이면 또다시 시합을 해야 하기 때문이다. 주말 리그에 참가하면서 학기 내내 훈련하느라 학생들은 피곤했지만 실력은 갈수록 늘어갔다. 어리다는 것이 이런 면에 있어서는 좋았다. 실력이 빨리 늘었다.

시합하기 전 선수들이 모였다.

"자, 오늘도 승리하자!"

유승대가 소리를 치자 학생들이 일제히 대답했다.

"오늘도 승리를!"

"오늘도 승리를!"

송치호가 시합 직전에 삼열에게 다가와 말했다.

"형도 들어서 알겠지만 상대 투수가 140㎞/h를 던진다고 하고, 타자 중에는 7할 대를 치는 애들이 있어요. 주의 깊게 보세요."

"응, 알고 있어. 고교야구에서 7할이라고 해봐야 실력 차가 학교별로 많이 나니 그럴 수 있지. 너무 쫄지 말고 던져. 네가 더 빨라. 알지?"

"네, 물론이죠."

송치호는 주먹까지 불끈 쥐면서 투지를 불살랐다. 조금 전에 긴장하던 모습은 어느덧 사라지고 없었다.

경기는 대광고의 선공으로 시작되었다. 이번에는 삼열이 1번 타자로 나섰다. 별로 내키지 않았지만 감독이 시키니 안 할 수 없었다.

"뭐, 어떻게든 되겠지."

처음부터 선발로 출전하는 것이라 감회가 새로웠다. 전에는 후보였다면 지금은 정식 선수가 된 듯한 느낌이랄까. 싫지는 않았다.

삼열은 상대 투수를 살펴보았다. 조금 큰 키에 몸집이 제법이다. 구속이 빠른 이유를 알 것 같다. 저런 덩치이니 공에 체중을 조금만 실어도 묵직한 공이 날아오는 것이다.

"스트라이크."

볼이 낮게 들어왔다. 무릎에 살짝 걸친 직구였다. 오늘따라 컨디션이 좋은 삼열은 날아오는 공이 뚜렷하게 보였다.

"자, 그럼 시작하자고."

삼열은 다음 공을 기다렸다. 낙차 큰 변화구가 날아들었다.

툭.

삼열은 가볍게 배트를 밀어 넣었다. 공이 데굴데굴 굴러 파울이 되었다.

'이번엔 한 스무 개 던지게 만들까. 뭐, 한 백 개 던지면 지쳐서 나가떨어지겠지.'

1번 타자이니 최소 두 번은 마주칠 것이라고 보고 삼열은 느긋하게 마음먹었다. 스트라이크 존 비슷하게 오면 모조리 커트했다.

하지만 아무리 선구안이 좋아도 늘 뜻대로 되는 것은 아니다. 아홉 개의 공을 커트했는데 마지막 공이 투수 앞으로 굴러갔다. 삼열은 그대로 더그아웃으로 들어왔다.

그러자 장충고의 투수는 허탈한 표정으로 삼열을 바라보았다. 뭐 이런 놈이 있나 하는 얼굴이다. 그러나 대광고 학생들은 이런 삼열의 태도를 당연하다는 듯이 바라보았다. 일반 타자였다면 최선을 다해 뛰어야 하지만, 삼열은 후반부로 가면 투수로 자리를 옮겨야 한다. 가능성이 전혀 없는데 상대의 실수를 바라고 뛰는 것은 쓸데없는 짓이다.

1번 타자인 오동탁이 2번으로 옮겼다. 그 역시 선구안이 좋았다. 그는 삼열이 하는 것을 보더니 그대로 따라 하다가 5구 만에 삼진으로 물러났다.

3번 타자 남우열이 안타를 치고 나가고 4번 타자 박상원이 삼진으로 아웃되면서 공수가 교대되었다. 그러나 장충고의 투수 오치명은 벌써 공을 스물두 개나 던졌다.

삼열은 수비에서 마땅한 위치가 없었다. 수비 실력이 뛰어나지 않은 편이라 결국 우익수를 하기로 했다. 달리기는 빠르니 어지간한 공은 잡을 수 있고 놓쳐도 대량 득점을 내주지는 않을 것이기 때문이다. 물론 훈련도 열심히 했다.

송치호가 공을 던졌다. 던지자마자 딱 하는 소리와 함께 공이 외야 쪽으로 뻗어 나갔다. 삼열은 공이 날아오는 것을 보고 뛰었으나 놓치고 말았다. 상대 타자는 그것을 보자 2루로 내리 달렸다. 삼열은 곧바로 공을 잡아 그대로 2루로 던졌다. 공이 빨려들 듯 2루수 남우열의 글러브로 들어갔다.

"아웃."

타자는 어이없다는 듯 삼열을 바라보았다. 외야 끝에서 다이렉트로 2루수에게 던진 것이다.

"×발, 존나 어이없네."

그는 슬라이딩하다가 묻은 옷의 먼지를 털면서 물러났다.

"와우, 삼열이 형 죽이는데?"

1루수 원도훈이 엄지손가락을 치켜들었다. 유승대는 회심의 미소를 지었다. 그가 노린 것이 이것이다. 수비에서 실수가 있어도 강한 어깨를 가졌기에 상대 팀에게 큰 점수를 내주지 않는다는 것이다.

강력하고 날카로운 송구는 그의 실수를 만회해 주고도 남았다. 외야수의 어깨가 좋으면 타자가 어지간하면 2루로 뛰지 못하는 이유가 여기에 있다.

메이저리그의 비운의 천재 타자 조 잭슨은 원래 투수였다. 그는 어려서부터 어른들과 야구를 했는데 포수가 그의 공을 받다가 팔이 부러졌다. 그 후로 아무도 그의 공을 받아주는 사람이 없게 되자 좌익수로 자리를 옮겼다. 그래서 그는 역사상 가장 강력한 어깨를 가진 좌익수가 되었다. 당연히 그가 공을 잡으면 선수들은 뛰지 못했다.

"저거, 저거, 물건이네."

유승대는 삼열이 공을 놓쳤을 때만 하더라도 인상을 찡그렸지만 2루에서 타자를 아웃시키자 환하게 웃었다. 이제 그의 앞으로 공이 가면 타자는 쉽게 뛰지 못할 것이다. 어지간한 타구는 1루타밖에 안 된다는 말이다.

반면 장충고의 더그아웃에서는 놀라 모두 벌떡 일어났다. 홈런까지는 아니어도 제법 깊은 곳이었는데 한 번 펌블한 공을 잡아 2루로 던져 아웃을 시키다니. 이런 경우 타자는 거의 산다고 보는 것이 정상이다. 왜냐하면 그만큼 타구가 깊었기 때문이다.

하지만 장충고의 선수들은 삼열의 동작이 얼마나 빠른지 몰랐다. 아직 연습량이 부족하여 타구의 위치를 미리 잡지 못해 실수했지만 바운드된 공을 잡는 것은 순식간이었다.

"형, 파이팅!"

송치호가 고맙다는 표시로 파이팅을 외치자 내야와 외야의 수비수들이 모두 그를 따라 파이팅을 외쳤다.

2번 타자는 삼진을 당했고 3번 타자는 3루 땅볼로 아웃되었다. 타율이 7할이나 되는 공포의 4번 타자 앞에서 잘 끊은 것이다.

대광고의 공격.

장충고의 선발 투수 오치명이 다시 마운드에 올랐다. 그는 1회에 이미 20개의 공을 던졌기에 찜찜한 기분이 들었다. 몇 개의 연습구를 던지자 상대 타자가 타석에 들어섰다.

5번 타자는 4번 타자이던 조영록이다. 원래는 그를 4번으로 내리고 3번 타자를 5번 타자로 올렸어야 하는데 박상원이나 조영록이나 타율에서는 큰 차이가 나지 않아서 그대로 두었다. 오히려 찬스를 살리는 능력은 박상원이 조금 낮고 조영록은 장타력이 나았다.

1구는 바깥쪽으로 낮게 깔리는 스트라이크였다. 이번 주심은 낮은 공을 스트라이크로 잘 잡아주고 있었다. 이런 경우 투수는 유리하고 타자가 불리하다. 낮은 볼은 맞아도 장타가 잘 나오지 않고 단타가 될 가능성이 높다. 대신 밀어 치는 타자에게는 불리하지만 어퍼 스윙을 하는 타자는 공을 걸어 올리기에 홈런이나 장타가 나올 확률이 어느 정도는 있다.

조영록은 심판이 낮은 공을 잡아주고 또 상대 투수의 제구도 제법 좋기에 난감하게 되었다. 결국은 낮은 공도 커트를 해내는 수밖에 없다. 상대 투수가 하나라도 공을 더 던지게 해서 빨리 그를 마운드에서 끌어내리는 것이 낫다고 생각한 것이다. 그리고 가능하면 오래 공을 보는 것이 다음 타석에 유리하기에 삼진을 당하더라도 천천히 타격할 결심을 했다. 그가 타격 자세를 취하자 공이 바로 날아왔다.

펑.

"볼."

낙차 큰 변화구가 외곽에서 공 하나 정도 빠지고 들어왔다. 다음 공은 빠른 직구였으나 높아서 볼이 되었다. 만약 공을 노렸다면 저절로 배트가 따라 나갔을 정도로 빠른 볼이었다.

다음 공은 낮은 직구였으나 너무 낮아서 심판이 스트라이크로 잡아주지 않았다. 투수가 아쉬워하는 모습에 조영록은 어이가 없었다. 아무리 심판이 낮은 공을 선호한다 하더라도 정도라는 것이 있다.

'×발, 땅바닥에 붙어서 들어와도 스트라이크로 잡아주기를 바라는 거야, 뭐야. 등신 새끼.'

조영록은 결국 볼넷으로 진루했다. 6번 타자는 주장인 김오삼이다. 그는 삼구 삼진을 당하고 물러났고, 다음 타자는 외야 플라이로, 다음 타자는 삼진으로 스리아웃 되었다.

그러나 상대 투수 오치명이 이번에 던진 공은 무려 스물세 개였다. 1회보다 한 개를 더 던진 것이다. 1, 2회를 합쳐 공을 마흔다섯 개나 던졌다. 이런 추세라면 투수는 5회를 넘기지 못하고 교체될 것이 틀림없었다.

2회의 수비에서 송치호는 공 열두 개로 범타 처리를 했다.

3회.

9번 타자가 아웃되고 삼열이 타석에 들어섰다. 그는 투수를 보며 사악한 미소를 지었다.

"원 없이 던지게 해줄게."

삼열의 말에 상대 포수가 움찔했다.

삼열은 스트라이크 두 개를 그냥 흘려보냈다. 그리고 3구부터 철저하게 스트라이크 비슷한 것을 커트했다. 14구째 커트한 것이 내야 뜬공이 되어 물러났다.

"형, 멋졌어요."

더그아웃에 들어오자 조영록이 말했다.

"운이 없었어. 한 스무 개는 던지게 하고 안타를 치려고 했는데 빗맞았어."

"형, 그래도 대단한 거예요. 상대 투수가 공을 열네 개나 던졌잖아요."

"너, 왜 커트가 중요한지 알아?"

"……?"

"선구안을 높일 수 있거든. 물론 상대 투수가 공을 많이 던지게 하는 의도도 있지만 말이야. 볼과 스트라이크를 정확하게 구별해 내야 타자가 비로소 타격을 할 수 있지? 나는 타자가 아니잖아. 그런데 타자를 하라고 하니 기초부터 시작하는 거야. 치기 전에 이것이 스트라이크일까, 아닐까 생각하지 않게 될 때부터 안타를 치기 시작할 거야."

"그래서 지금은 무조건 커트하는 거예요?"

"그것도 있지만 상대편 투수를 괴롭히는 거야. 상대 투수가 지쳐야 내가 이길 확률이 높으니까."

삼열의 말에 조영록은 몸을 부르르 떨었다. 뭔가 굉장히 철학적인 내용인 것 같은데 결국은 상대를 괴롭히기 위한 것이라는 소리였다. 그 말을 듣자 그에게 맞은 것이 기억났다. 인정사정 보지 않고 죽어라 패던 그 광기에 사로잡힌 눈빛이 떠오르자 자신도 모르게 몸이 떨렸다.

그것은 그에게 있어 일생일대의 충격이었다. 맞아서 항복한 것은 아니었다. 반드시 깨부수겠다는, 반드시 죽이고 말겠다는 살의가 느껴졌기 때문에 무릎을 꿇고 사과를 한 것이다. 그때는 정말 이러다가는 죽겠구나 싶었다. 요즘은 웬일인지 삼열의 태도가 부드러워졌지만 언제 돌변할지 몰라 매우 조심하고 있었다.

다음 타자도, 그다음 타자도 출루하지 못하고 아웃되었지만 3회에도 스물다섯 개의 공을 던지게 되자 상대 타자를 삼자범퇴시켰음에도 불구하고 오치명의 얼굴은 어두웠다.

올해의 장충고는 역대 최강의 전력이다. 그런데도 이름도 없는 팀과 이렇게 힘들게 시합을 할 줄은 예상하지 못했다. 3연승을 했고 그중에 덕수고를 이겼다는 말을 들었을 때도 덕수고가 실수했을 것으로 생각했다.

그런데 아니었다. 타자들은 자신의 강속구를 주눅 들지 않고 받아쳤다. 그것도 스트라이크 비슷하면 커트를 해내는 것이 선구안도 좋았다. 특히 1번 타자는 선구안이 굉장히 좋았다.

오치명이 더그아웃에 들어오자 이상일이 물었다.

"어때?"

"힘들어. 굉장히 까다로운 타자들이야."

이상일은 오치명 다음의 투수다. 강속구는 없지만 제구력이 매우 뛰어난 선수다.

"그래 보이긴 하네."

"이런 타자들은 나보다 오히려 네가 상대하는 게 나을 것 같아. 준비해. 아마 네가 5회부터 올라가야 할 것 같아."

"그렇긴 하겠네."

3회까지 일흔 개의 공을 던졌다. 특히나 이렇게 커트를 해내는 공이 많으면 투수는 쉽게 지치게 된다. 던질 공이 없어지기 때문에 심적인 동요로 인해 몸이 무거워지고 짜증이 난다. 그 때문에 공 끝은 무뎌지고 제구력도 형편없이 흔들리게 된다.

때마침 감독의 지시도 있어 이상일이 불펜으로 가서 몸을 풀기 시작했다. 강속구 타자가 유리한 것은 구위로 상대방을 압박하기 때문이다. 그런데 타자들이 좋은 공을 커트해 버리기 시작하면 반대로 투수가 압박을 받게 된다. 당연히 피로는 쌓이고 컨트롤은 엉망으로 변하게 된다.

오치명 투수가 강판당하고 이상일이 마운드에 서게 되자 대광고 선수들은 눈뜨고 당했다. 강속구도 없는데 직구 같으면 투심 패스트볼이거나 체인지업이다. 게다가 직구와 체인지업의 차이도 별로 나지 않았다. 이렇게 되자 대광고 선수들은 속수무책으로 당할 수밖에 없었다. 확실히 일반적인 관점에서 보면 오치명이 더 좋은 공과 구속을 가지고 있었지만 상대 타자를 가지고 노는 것은 이상일이었다.

대광고 타자들이 스트라이크라고 생각하고 배트를 휘두르면 대부분 땅볼이거나 뜬 볼이었다. 그렇다고 가만히 있으면 삼진이다. 결국 대광고는 점수를 내지 못했고, 송치호는 상대 팀 4번 타자 김태원에게 홈런을 맞고 1실점을 했다. 역시 7할 타자의 저력이 나타났다.

8회에 마운드에 오른 삼열은 2타자를 범타 처리하고 처음으로 공포의 강타자이자 7할의 타율을 가진 김태원과 만났다.

'심상치 않아 보이는데.'

삼열은 바깥쪽에 직구를 던졌다. 공이 한 개 정도 빠져 들어갔는데 그의 배트가 따라 나왔다.

펑.

"스트라이크."

삼열은 회심의 미소를 지었다. 유인구에 배트가 나온다는 것은 경기를 쉽게 풀어나갈 수 있다는 소리다.

이번에는 가운데 직구를 던지자 그는 선 자리에서 스트라이크를 당했다.

'뭐야, 이거? 허당이잖아?'

스트라이크에는 배트가 안 나오고 유인구에 반응한다는 것은 그다지 좋은 타자가 아니라는 것이다.

'그렇다면 강속구를 하나 더 던져 주지.'

삼열은 그를 놀리기 위해 가운데로 공을 찔러 넣었다.

따악!

맞는 순간 삼열은 넘어가는 공이라는 것을 알아차렸다. 뒤를 돌아보니 역시나 공이 펜스를 넘어가 홈런이 되었다.

"당했군."

삼열은 네 경기 만에 첫 실점을 당했는데, 그것도 홈런으로 점수를 내줬다. 삼열은 공을 치고 웃는 김태원의 얼굴을 보고 자기가 머리싸움에서 졌다는 것을 깨달았다.

"괜찮아. 점수를 주지 않는 투수는 세상에 존재하지 않으니까. 또 승리만 하는 투수도 없고."

삼열은 자기 위안을 해보았지만 기분이 나빠지는 것을 막을 수 없었다. 삼열은 숨을 크게 내쉬었다. 그러자 흥분이 가라앉았다. 홈인하여 동료 선수들의 환영을 받는 타자를 보며 그는 어깨를 위아래로 몇 번 돌렸다.

'이제 제대로 해야겠군.'

삼열은 방심이 가져온 대가가 홈런이라는 사실을 생각하며 정신을 가다듬었다.

5번 타자가 타석에 서고, 삼열은 공을 던졌다. 빛처럼 빠른 공이 몸쪽으로 꽉 차게 들어가자 타자는 반사적으로 배트를 휘둘렀다.

펑.

"스트라이크."

어차피 가만히 내버려 두었어도 스트라이크가 될 공이었다.

5번 타자 남희범은 순간적으로 눈을 감았다. 뭔가 휙 하고 지나가서 반사적으로 배트를 휘둘렀을 뿐이다.

유승대야 삼열의 공을 본 적이 있기에 그다지 놀라지 않았으나 상대 팀의 감독인 나대로는 경악하며 마운드 위의 삼열을 바라보았다.

그는 예전에 타자로서 고교야구에서 박찬호의 공도 상대해 보았다. 그런데 이건 더 빠르고 제구도 송곳같이 날카롭지 않은가.

"저런 투수가 왜……?"

"굉장하네요."

타자는 삼구 삼진을 당하고 타석에서 물러났다. 물러나면서도 그는 어이가 없는지 멍한 표정으로 중얼거렸다.

"굉장해. 언터처블이야. 치사하지만 않으면 굉장한 선수가 될 텐데."

그의 옆으로 김태원이 다가오면서 물었다.

"어땠어?"

"안 보였어. 공이 수박씨만 하게 보이는데 어떻게 쳐?"

"흐음."

김태원이 신음을 터뜨렸다. 조금 전까지만 해도 거만하고 싸가지 없는 투수에게서 홈런을 뽑았다고 좋아하고 있었는데 그 감정이 순식간에 사라지고 말았다.

결국 9회 초에도 대광고 선수들은 점수를 뽑지 못해 0 : 2로 패하고 말았다.

돌아오는 차 안에서 대광고 선수들은 말이 없었지만, 그렇다고 분위기가 나쁜 것은 아니었다. 나름대로 다들 왜 졌을까 하고 경기를 복기하고 있었다.

실력이 없어서 졌다고 보기에는 무리가 있었다. 선수들의 경험 부족이 가장 큰 원인이었다. 이제까지 정통파 투수들만 상대해 봤지 이상일처럼 머리를 쓰면서 상대의 타이밍을 끊는 투수를 만나본 적이 한 번도 없기 때문에 진 것이다.

"어땠어요?"

"배운 점이 많아. 투수도 타자도. 공이 빠르고 구질이 다양하다고 좋은 게 아니라 공을 어떻게 던져야 효율적인지를 알게 된 것 같아."

"굉장했어요."

송치호가 옆자리에 앉은 삼열에게 말했다. 그도 역시 놀라기는 마찬가지였다. 전통의 강호 덕수고를 이겨서 장충고는 어렵지 않을 것이라고 생각했는데 거의 손 한 번 대보지도 못하고 경기에 졌다.

"승리를 통해서는 배우는 것이 적고 패배를 통해서는 모든 것을 배울 수 있지."

"와, 멋있는 말이에요."

"내 말이 아니라 크리스티 매튜슨이 한 말이야. 김형준의 메이저리그 레전드라는 책에 나와."

"아, 그렇군요."

"투수는 자기가 얻어맞은 공을 모두 기억하고 있어야 해. 그래야 다음에 안 당할 테니까."

"저도 맞은 공은 저절로 기억하게 되더라고요. 아무래도 충격을 먹어서 그런가 봐요."

"좋은 점이네. 맞은 공을 기억하지 못하면 다음에 만났을 때 또 당할 거야."

"그렇겠군요."

토요일 오후의 나른한 공기가 차 안에도 번져 왔다. 삼열은 눈을 감았다. 잠이 설핏 들었는데 깨니 차는 이미 학교에 도착해 있었다.

"오늘 날씨 한번 정말 좋다."

"네, 지지만 않았으면 더 환상적인 날이 되었을 텐데 말이죠."

송치호가 아쉬운 듯 대답하며 차에서 내렸다.

*   *   *

사람은 실패를 통해 배우는 것이 더 많다. 즐거운 것보다 아픈 것이 더 기억에 많이 남아 다음에는 상처를 입지 않으려고 노력하기 때문이다. 실패를 잊는 건 우둔한 자뿐이다.

삼열은 미소를 지었다. 일찍 실패한 것이 기분 좋았다. 오늘 정말 좋은 경험을 했다고 생각하며 현관문을 열었다. 따뜻하고 포근한 집에 들어오자 아주 조금 동요되었던 마음도 진정되고 기분도 좋아졌다. 이곳은 수화와 함께하는 기분 좋은 그의 집인 것이다.

삼열은 샤워를 하고 나서 그대로 침대에 누웠다. 누워 생각하니 야구라는 것을 그동안 너무 쉽게 여긴 것 같다. 원하는 대로 공이 던져지니 자만했다. 오늘 삼열은 야구 시합에서 상대 투수의 공을 커트만 해서는 이길 수 없음을 깨달았다. 타자로 활동하기 위해서는 타격을 본격적으로 배워야 한다는 것도 알았다.

"다시 시작이야."

삼열은 벌떡 일어나 러닝머신 위에서 뛰었다.

움찔.

몸이 다시 반응한다. 몸속에서 수많은 불꽃이 터지고 꽃이 피어난다. 씨앗이 싹을 틔웠으니 이제는 자라고 열매를 맺는 일이 남았다.

'미카엘은 잘 지내고 있을까? 군단장급의 천사이니 복수를 했겠지.'

파악!

그때 갑자기 삼열의 눈앞에 빛이 나는 구체가 나타났다. 마치 팅커벨 요정처럼 날개가 달린 인형이 허공을 날아다니고 있다.

"뭐지?"

삼열은 뛰는 것을 멈췄다. 그러자 이마에서 땀이 흘러내린다.

"미카엘?"

날개 달린 요정의 눈에서 빛이 흘러나와 맞은편 벽면에 영화처럼 영상을 비추었다. 벽에 비친 장면 속에는 미카엘이 거대한 검을 휘두르며 검은 날개를 가진 적들을 추살하고 있다.

—어, 이제 싹이 텄군. 하필이면 이럴 때에 틔다니. 어쨌든 축하해.

번쩍이는 빛의 섬광이 날아가자 다시 수없이 많은 적이 사라졌다. 가공할 만한 신위다. 군단장급 천사의 능력이 얼마나 대단한지 알 수 있는 장면이었다. 수십 명의 적이 그의 섬광검에 의해 한순간에 날려가 버렸다.

하급 군병이 100미터를 5초에 끊는다고 했는데, 그런 병사들이 미카엘의 공격에 속수무책으로 쓰러지고 있다. 10여 분 만에 싸움은 끝이 났다.

─휴, 이제 끝났군. 설명을 해주지. 그리고 무사히 불의 새싹을 틔운 것을 축하해. 네게 나타난 통신기 바리타스는 특별한 능력은 없어. 그래도 하급의 문화에서는 꽤 쓸 만할 거야. 성장형이기는 하지만 앞으로도 그다지 변하는 것은 없을 거야. 네가 차원의 에너지를 다루지 못하는 데다 바리타스가 성능이 별로 좋지 않아서 말이지. 하지만 바리타스는 나와 통신도 가능해. 뭐, 원하는 자료가 있으면 내가 그 바리타스로 보내줄 수는 있지만, 너희 지구의 저급한 문화로는 사용할 수 있는 것이 별로 없을 거야. 아, 이런. 또 놈들이 몰려오네. 그럼 굿 럭!

화면이 꺼지자 날개 달린 인형 바리타스가 삼열의 손에 내려와 앉았다. 깜박이는 눈으로 삼열을 바라보며 날개를 파닥거리는 모습이 마치 살아 있는 생명체 같다.

"넌 누구니?"

삼열의 질문에 인형의 작은 날개가 파닥이며 날아올라 삼열의 이마에 앙증맞은 작은 손을 갖다 대었다.

"어~"

삼열은 움직일 수 없었다. 바리타스의 손이 밝게 빛나더니 머리가 아파왔다. 그리고 수없이 많은 정보가 바리타스에게 빨려들어 갔다. 시간이 지나면서 삼열의 머릿속에도 정보들이 들어오기 시작했다. 바리타스라고 불리는 통신 기기에 대한 것이다.

통신에는 차원을 넘나들지만 그 외의 기능은 없었다. 통신 기능을 제외하면 용량이 큰 USB에 지나지 않았다.

"쳇, 기대한 내가 잘못이지. 어쨌든 반갑다."

─삐리삐리~

"네 말을 못 알아듣는다고."

─삐삐리.

"참 나, 내가 무슨 말을 하리."

삼열이 손을 내밀자 바리타스가 내려앉았다. 생긴 모습은 천사를 닮아서 신기하기는 했다.

"너는 뭐니?"

─삐리리리.

"그만하자."

상대를 하려고 해도 말이 통하지 않고 사용 방법을 모르니 답답했다. 고성능 컴퓨터를 선물 받고도 사용 방법을 몰라 간단한 문서 작업만 하는 기분이다.

삼열은 이 모든 것이 미카엘이 그의 심장에 심어준 씨앗의 결과라는 것을 알 수 있었다. 도대체 문화가 얼마나 진보했으면 이런 것이 가능한지 상상이 안 되었다. 하지만 인간도 불과 몇백 년 전만 해도 스마트폰이나 비행기는 상상도 못 했으리라. 결국 인류의 진보는 인간의 상상력에 달려 있는 것이다.

딩동.

"이런, 수화 씨인가 보네."

삼열은 날아다니는 바리타스를 보고 중얼거렸다.

"이봐, 안 보이게 할 수 없어?"

바리타스는 날개를 파닥이며 흐릿해지더니 사라졌다. 그리고 그의 손가락 사이에 무언가 물컹하고 들어왔는데 이질감은 그다지 느껴지지 않았다.

"하아, 보지 않으면 말해줘도 믿지를 않겠군."

삼열이 서둘러 문을 열자 수화가 뚱한 표정으로 그를 바라보았다.

"아, 미안해요. 졸고 있었거든요."

"혹시 야한 동영상 보고 있던 거 아냐?"

"그럴 리가요. 수화 씨랑 매일 하는데 그런 걸 왜 봐요?"

"흥. 그런데 왜 이렇게 늦게 문을 열어? 난 네가 걱정되어서 허겁지겁 달려왔는데."

수화에게 어떻게 그 조그마한 녀석을 말한단 말인가.

"어떻게 됐어?"

"오늘은 졌어요."

"정말? 어떡해."

수화가 울 듯한 표정으로 걱정했다. 그 모습을 보며 삼열은 웃었다.

"괜찮아요. 리그전이라 한두 경기는 져도 돼요. 그리고 항상 이길 수 있는 팀은 없잖아요."

"그런 거야?"

"물론이죠. 인간은 실패를 통해 더 많은 것을 배우니 걱정하지 마세요."

"그렇다면 다행이고."

삼열은 울컥한 마음이 들어 그윽한 눈빛으로 수화를 바라보았다.

"무슨 생각해?"

"수화 씨 생각이요. 나를 걱정해 주는 유일한 사람이라고, 고맙다고 생각했어요. 오늘도 바쁠 텐데 걱정돼서 왔잖아요."

"응, 네가 걱정이 돼서."

수화는 삼열의 말을 듣자 마음이 아파왔다. 그동안 삼열의 부모님이 계시지 않아 시부모를 모시지 않아도 된다고만 생각했는데 지금 그의 말을 듣고 보니 결국 그를 걱정해 주거나 돌봐줄 사람이 아무도 없었던 것이다.

수화는 자신의 기쁨이 상대방에게는 슬픔이 될 수도 있다는 것을 처음으로 깨달았다. 그녀는 너무도 곱게 자랐다.

"어쩌다 졌어?"

"상대편이 잘했어요. 우리가 방심하기도 했고요."

"다음에는 잘될 거야."

삼열은 수화의 말에 위로를 받았다.

"우리 내일 벚꽃 축제 가자."

"벚꽃 축제요?"

"응, 여기서 가까워. 여의도로 가자."

"그래요. 수화 씨가 원하면 가야죠."

"왜, 싫은 거야?"

"싫지는 않아요. 다만 남자들은 꽃구경 갈 생각 자체를 못 하니까 그냥 의외였을 뿐이에요."

"우리 데이트 많이 못 했잖아."

"네."

삼열은 수화의 말에 고개를 끄덕였다. 그건 수화의 말이 맞았다. 삼열이 그런 쪽으로는 무딘 부분이 있고 아직 고등학생이라 데이트를 어떻게 해야 하는지도 잘 모르는 탓이다.

수화가 돌아가자 삼열은 머리가 어지러웠다.

인연이 끝났다고 생각한 미카엘과 다시 연결되고 상상도 못한 통신 기기도 얻었다. 어떻게 이런 기기가 인체 속으로 들어와 보관되는지 정말 신기할 따름이다.

이런 고급문화를 가졌으면서 미카엘은 왜 직접 자신의 질병을 고쳐 주지 않고 이렇게 어려운 방법을 통하도록 했을까. 하지만 육체의 고통이 동반되긴 해도 이 방법이 가장 확실한 것임을 삼열은 시간이 지나면서 깨달았다.

대가를 지불하지 않고 얻으면 그것이 아무리 소중한 것이라고 하더라도 그 가치를 제대로 알 수 없는 법이다. 루게릭병에 걸려 근육이 말라가는 것을 지켜보면서 건강이 얼마나 소중한 것인지를 깨달았다. 어리석게도 인간은 잃어버린 다음에야 그 소중함을 깨닫는다.

'하급 군병만 되어도 야구의 신이 되겠군.'

100미터를 5초에 끊으면 깊지 않은 안타 하나로도 운이 좋으면 그라운드 홈런을 만들 수 있을 것이다.

삼열은 다시 러닝을 시작했다. 몸이 움직일수록 상쾌해졌다. 이전에는 없는 현상이다. 불과 얼마 전까지만 해도 거대한 벽을 앞에 둔 것 같았다. 도저히 더 나아갈 수 없을 것 같았다. 그런데 이제는 생각보다 신체의 반응 속도가 엄청나게 빨라지고 있었다.

"나도 이제 하급 군병이 된 것인가?"

솔직히 병이나 재발하지 않고 살 수 있기를 바랐는데 지금은 그 이상의 육체를 가지게 되었다.

삼열은 잠자리에 들면서도 자신에게 일어난 이 놀라운 일들을 여전히 믿을 수 없었다.

아침부터 일어나 운동을 하고 약속 시간이 되어 지하철역에서 수화를 만나 여의도로 향했다. 올해는 벚꽃이 늦게 피는지 이제야 꽃이 피기 시작하고 있었다. 하지만 그래도 거리에는 사람이 많았다. 주로 데이트하는 연인이 많았지만 가족 단위로 온 사람도 꽤 되었다.

조그마한 아이 손을 잡고 나온 젊은 부부에게 삼열은 자꾸 눈이 갔다. 그에게도 불과 몇 년 전까지만 해도 저렇게 자상한 부모님이 있었다.

"내가 늘 옆에 있어 줄게."

살며시 손을 잡으며 말하는 수화의 손을 꼭 잡으며 삼열은 망연히 하늘을 바라보았다.

"우리 어묵 사 먹자."

"네."

수화는 원래 길거리 음식이 맛있다고 하면서 그를 한쪽으로 이끌었다. 아름다운 여자가 지나가니 사람들이 다들 그녀를 바라보았지만 이제는 면역이 많이 생긴 터라 삼열은 무시하며 포장마차로 다가갔다.

"아주머니, 어묵 좀 주세요."

"어서 오세요."

평범하게 생긴 아주머니가 친절하게 맞으며 어묵을 주고 종이컵에 국물을 떠주었다.

"아주머니, 제 애인 멋지죠?"

"말해 뭐 해. 아가씨도 예쁜데. 선남선녀가 따로 없어."

수화의 말에 포장마차 아주머니가 장단을 맞춰주었다. 자신을 자랑스러워하는 수화의 모습에 삼열은 감동을 받았다.

"사람이 많네요."

꽃은 많이 피지 않았지만 사람은 아주 많았다. 이는 그만큼 서로 사랑하는 사람이 많다는 뜻이기도 하다.

"좋은 곳에는 늘 사람이 많죠?"

"다정한 모습이 정말 보기 좋아."

"그렇죠?"

"우리 언제 결혼할까?"

"제가 졸업하면 할까요?"

"좋긴 하지만 그건 너무 빨라."

사랑하는 사람이 생겼으니 늘 같이 있고 싶지만 결혼은 또 다른 이야기였다. 책임과 의무가 새로 생기는 결혼식이 끝나면 두 사람은 이전과는 전혀 다른 세계에서 살아가게 된다. 그래서 많은 청춘이 서로 사랑하면서도 결혼은 두려워하는 것이다.

*   *   *

그 시각, 장충고의 나대로 감독은 친구에게 전화를 걸었다.

—오랜만이야.

"이봐, 어제 우리 학교가 야구 경기를 했어."

—알고 있어. 주말 리그라고 하는 거 같던데.

"거기서 굉장한 놈을 만났어."

—그래? 누군데?

"대광고라고, 잘 알려지지 않은 팀의 선수야. 작년에는 정말 별 볼 일 없는 팀이었는데 올해 3연승을 했지. 비록 오늘 우리 팀에 패했지만 굉장했어."

—너희 학교의 그 오치명인가 하고 김 뭐라 하는 타자도 괜찮다면서.

"그 애들도 괜찮은 아이들이지. 하지만 그 애들이 평범한 애들보다 조금 나은 정도라면 어제 본 녀석은 급이 완전히 다른 놈이야. 마치 예전의 박찬호를 보는 것 같았어. 굉장히 공이 빨랐지. 그 당시의 박찬호는 제구에 문제가 있고 엄청나게 빠르긴 해도 공이 좀 가벼웠잖아? 그런데 이놈은 굉장했어. 페드로 마르티네스를 보는 것 같았어. 직구 하나만 해도 무시무시했거든."

―그래? 대단하군. 나도 한번 봐야겠는데? 그 정도면 굳이 한국에서 데뷔하지 않아도 될 것 같은데.

"그런데 한 가지 이상한 일이 있었어. 제구력이… 변화구도 직구도 굉장했지. 비록 홈런 한 방을 맞기는 했지만 그거야 방심하다 맞은 거고. 홈런 맞고 나서 공이 변했는데 굉장하더라고. 그런데 그 팀 감독이 선발로 내보내지 않은 이유를 모르겠어."

―뭐, 뻔하지 않아? 그 정도의 공이면 이미 소문이 났어야 하는데 네가 모르고 있다면 그 학생이 야구를 한 지 얼마 되지 않았다는 거지. 그 외에 무슨 이유가 더 있겠어?

"아, 그렇군. 그거야. 나도 참, 나이 먹으니 머리가 제대로 돌아가지 않는군. 그렇다면 굉장한데? 그런 녀석이 왜 우리 학교에서 안 나오고 그런 약해빠진 학교에서 나왔는지 안타깝네."

―조만간 한국으로 가봐야겠군. 박찬호급이라면 굉장한 유망주인데 말이지.

"잘되면 알지?"

―물론. 턱이 빠질 정도로 술 살게.

"뭐, 그거야 당연한 거고… 잘되길 바란다."

나대로 감독은 미국에서 스포츠 에이전트로 활동하고 있

는 친구와 통화를 마쳤다. 그가 생각하기에 이런 투수는 한국에 있어봐야 별로 빛을 보지 못한다.

그는 문득 또 한 친구가 생각났다. 구단 프런트와의 마찰로 메이저리그에서 제대로 활동하지 못하고 꿈을 접은 친구이다. 그는 전화번호를 찾아 눌렀다.

"잘 지냈어?"

—나야 뭐 그렇지. 음악도 좀 하고 야구교실에서 아이들과 놀고 마누라 등쌀에 시달리며 살고 있지.

"내가 어제 굉장한 투수를 만났는데."

—누군데?

"대광고의 신인인데 굉장했어. 섬뜩하더라. 네가 날릴 때보다 더 대단했어."

—대광고? 거기는 삼열이랑 치호가 있는 학교인데.

"엇, 어떻게 알았어?"

—내 제자들인데 내가 왜 몰라.

"와~ 너 대단하다. 그런 제자를 키우고 있었구나?"

—그런데 누구를 말하는 거야? 치호가 더 안정적이긴 하지만 가능성은 삼열이가 더 있는데.

"그래, 그 강삼열이라는 그 투수야. 물론 송치호도 상당했지만 말이지."

—후후, 삼열이가 대단하긴 하지. 그런데 그놈, 야구 한 지

가 일 년 정도밖에 안 되는데 벌써 네 눈에 띈 거야?

"뭐? 젠장, 천재였군. 어쩐지 눈빛부터가 다르다 했더니."

—프로에서도 통하겠지?

"프로가 다 뭐냐? 메이저리그에서 활동하는 스콧제임스 김에게 연락했더니 한번 온다고 하던데?"

—그 정도였어? 이상하다. 그 녀석, 전력투구 안 했을 텐데.

"네가 그렇게 시켰구나? 전력투구 하지 말라고."

—그래, 투구폼을 배운 지 얼마 안 돼서 그렇게 말해줬지.

이상영의 말을 듣고서야 나대로 감독은 일이 어떻게 된 것인지 알게 되었다. 원래 보석은 주인보다 다른 사람이 더 관심을 가지는 법이다. 유승대는 느긋하게 생각한 반면 나대로는 자신의 학교 학생이 아니니 미국에 있는 친구에게 바로 연락한 것이다.

$$* \qquad * \qquad *$$

스콧제임스는 오랜만에 걸려온 친구의 전화를 끊고 생각에 잠겼다. 고등학생의 구속이 150km/h가 나온다면 확실히 메이저리그에서도 통할 것이다. 박찬호의 전례가 있어 메이저리그 입단도 어렵지 않을 것이다. 하지만 계약금은 예전과 달리 많이 받지는 못할 것이다.

박찬호는 다저스에 있을 때 보석처럼 빛난 선수였지만 이후에는 먹튀 투수라는 말이 이상하지 않을 정도로 받는 연봉에 비해 활약을 하지 못했다.

스포츠 에이전트를 하는 그는 가끔 유망주가 나타나면 직접 찾아가 계약을 하기도 한다. 원래는 스카우터가 해야 하는 일이지만 메이저리그에서 한 시즌을 보낸 경험이 있는 그는 선수들의 재능을 알아보는 눈도 좋았고, 또 자신의 메이저리그 경험이 어린 선수들을 설득하는 데도 상당히 유리하게 작용하기도 했다.

대부분의 스카우터는 메이저리그나 마이너리그 출신이 많다. 유명한 야구 선수가 은퇴하면 구단 내에 남아 감독이나 코치, 또는 지역 TV의 야구 해설가나 메이저리그의 스카우터가 되기도 한다. 스콧제임스는 특이하게 스포츠 에이전트가 되었다.

그는 얼마 전에 신문기사로 본 레이 스타인버그의 파산 신청 소식에 우울했다. 영화 제리 맥과이어의 모델이기도 한 그는 소속사의 직원이 NFL 소속의 선수에게 30만 달러를 빌려서 갚지 않는 일이 생기자 그 선수가 경쟁 업체로 가버리고 말았다. 게다가 그의 두 자녀는 실명에 이를 수 있는 질병을 앓고 있는 등 여러 문제를 떠안고 있었다.

레이 스타인버그와는 아는 사이도 아니지만 미국의 법률

제도가 고객 위주로 되어 있기에 선수는 언제든지 경쟁 업체로 갈 수 있었다. 에이전트는 매력적인 직업이긴 하지만 이런 이유로 항상 긴장해야 하는 직업이기도 했다.

"하아, 150㎞/h의 공을 던진다? 괜찮군."

한국에서야 그 정도 속도의 공을 던진다면 굉장한 것이지만 미국에서는 그렇게 드문 일도 아니었다. 하지만 미국 내에는 프로 구단은 많고 쓸 만한 투수는 항상 적었다. 제구력만 갖추었다면 당장 메이저리그에서도 통할 구위였다.

스콧제임스는 회사에 연락해서 스케줄을 조정하였다. 친구 나대로 감독은 아직 한국에서 이름이 알려진 선수가 아니라고 했지만, 그 정도의 구위를 가지고 있다면 알려지는 것은 시간문제였다.

빨리 소년을 만날수록 그만큼 계약에 유리해진다. 소년을 탐낼 스카우터가 자신만 있는 것이 아닐 터이니 말이다. 그는 시간을 맞춰 한국행 비행기에 몸을 실었다.

경험에 의하면 이런 연락을 받고 달려가 보면 시원치 않은 경우가 많다. 지역에서 아무리 잘 던져도 메이저리그에서는 통하지 않을 선수들이 대부분이다.

심지어는 마이너리그에서만 몇십 년간 선수 생활을 하고 메이저리그에는 올라와 보지도 못하고 끝나는 선수가 엄청나게 많았다. 그래서 이런 일로 그는 잘 움직이지 않았다. 회사 내

에 있는 스카우터에게 연락을 하고 기다리는 경우가 대부분
이었다.

하지만 느낌이라는 게 있다. 이번에는 느낌이 달랐다. 동양
인 선수가 150㎞/h의 공을 던진다면 상품성이 아주 높다. 게
다가 한국은 그의 모국이기도 했다.

*   *   *

삼열은 지난 경기를 복기하면서 자신이 잘 던져도 받아치
는 타자가 있다는 것을 알았다.

분명 실투가 아니었다. 그런데도 홈런이 되었다. 물론 전력
투구는 아니었지만 적어도 고교야구에서 자신의 공이 홈런을
맞을 것이라고는 전혀 생각해 보지 않았다. 메이저리그에는
더 많을 것이다.

그렇다고 그가 의기소침해하는 것은 아니었다. 전력투구를
한 것도 아니었고 아직까지는 어깨 보호를 위해 구질도 다양
하게 배우지 않았으니 말이다.

'나는 다른 사람과 여러 면에 있어서 다르지만 아직은 무리
야. 어깨가 다른 사람처럼 고장이 잘 나지 않는다 하더라도
아직은 다양한 구질을 소화할 수가 없어.'

삼열은 몸으로 하는 것은 머리로 하는 것과 전혀 다르다는

사실을 깨닫고 있다. 그는 천재라 머리로 하는 것은 별 노력을 하지 않아도 쉽게 이루었지만 몸으로 하는 것은 전혀 그렇지 않았다.

삼열은 베이브 루스 같은 야구 천재는 되고 싶지 않았다. 그의 천재성은 노력하지 않아도 언제나 정상을 차지할 수 있게 해주었다. 그 덕에 그는 자신을 잘 관리하지 않았다. 언제나 폭식에 폭음을 했다. 심지어 그는 아침에 위스키를 마시고 스테이크를 배가 부르도록 먹었다. 그래서 그는 야구 선수로는 드물게 배가 볼록하게 튀어나왔다.

"게으르고 방탕한 천재보다는 지금의 내가 더 위대해. 난 작은 것 하나라도 내 힘으로 얻으니까."

책장에서 메이저리거에 대한 책자를 꺼내 펼쳤다. 타이 콥으로부터 반검둥이라고 놀림을 받았던 베이브 루스의 얼굴도 나와 있다. 젊을 때는 둥글고 귀여웠겠지만 나이 든 그의 얼굴은 어둡고 초라했다. 옆에서 환하게 웃고 있는 루 게릭의 잘생긴 얼굴과 비교가 되어서 더 그런 것 같다.

사람들은 베이브 루스가 위대한 홈런 타자라는 것만 알지, 그가 굉장한 투수였다는 것은 모른다. 그는 투수로서 메이저리그에서 94승(64패. 2.28)이나 거두었다.

삼열은 본격적으로 계획을 다시 짜기 시작했다. 홈런을 맞은 것이 오히려 그에게 약이 되었다. 훈련 계획도 이전과 다르게 정교하게 짰다. 이전에는 육체를 혹사하는 것이 목표였다면 이제부터는 공을 어떻게 하면 더 강하고 효율적으로 던질 수 있을까가 되었다.

주말 리그는 3월과 4월에 각 학교별로 여섯 경기씩 하여 왕중왕전인 황금사자기 대회에는 상위 28개 학교가 참가하기에 3승만 해도 참가할 수 있다. 그러므로 대광고는 왕중왕전에 참가하기 위한 9부 능선은 넘은 셈이다. 앞으로 남은 경기 중한 경기만 이겨도 자력 진출이 가능하다. 일본의 고교야구인 갑자원에 참가하려는 학교가 오천 개가 넘는 것에 비하면 한국의 고교야구는 초라하다고 볼 수 있었다.

이번 주는 시합이 잡혀 있지 않아 시간적으로 조금 여유가 있었다. 이 기간 동안 삼열은 기존의 구질을 다듬으며 슬라이더를 가다듬었다. 이번 시합에는 써먹을 수 없지만 배우기는 어렵지 않아 잘하면 황금사자기 왕중왕전에는 사용할 수 있을 것이다.

생각 같아서는 커터를 배우고 싶었지만 한국에서는 가르쳐 줄 사람이 없었다. 그립 잡는 법을 안다고 해서 던질 수 있는 것은 아니기 때문이다.

슬라이더는 이전에 이상영에게 배웠으나 실전에서 사용할 만큼 제대로 익히지를 않았다. 그것을 이번 기회에 갈고닦을 것이다.

　　　　*　　　　　*　　　　　*

　시간은 빠르게 흘러 시합이 이틀 뒤로 다가왔다. 유승대는 선수들을 불러 모았다.

　"자, 연습한 대로 이틀 후면 중앙고와의 시합이 있다. 중앙고는 작년에는 약체로 꼽히던 팀이지만 올해는 벌써 2승이나 거두었다. 결코 약팀이 아니라는 말이다. 그러니 긴장을 풀지 말고 하도록 해."

　"네, 감독님."

　"네, 감독님!"

　학생들이 일제히 대답했다. 유승대는 그런 학생들을 바라보며 미소를 지었다.

　53개의 학교가 주말 리그에 참가하여 그중에서 28개 학교가 왕중왕전에 올라간다. 대광고가 왕중왕전에 올라가는 것은 거의 확정적이라고 그는 생각했다. 하지만 혹시나 해서 다음 경기에서 이기려고 하는 것이다. 또 올해의 대광고는 중앙고를 이길 실력이 되기도 했다.

　삼열은 운동장에서 포수 심재명을 앉혀놓고 새로 배우고 있는 슬라이더를 연습했다. 슬라이더가 예리하게 휘어져 나갔지만 제구력에 문제가 많았다. 원하는 만큼 원하는 지점에서 변화가 이루어지지 않았다. 이런 경우는 별수 없다. 연습을 많이 하여 문제점을 고치는 수밖에.

역시나 이상영에게 직접 배우지 않게 되자 문제점이 노출되었다. 훌륭한 선생은 제자가 잘못된 방향으로 가는 것을 쉽게 바로 잡아줄 수 있다. 그에게는 충분한 경험이 있으니까 말이다.

야구부가 연습하는 모습을 물끄러미 지켜보는 학생이 많아졌다. 남학생도 있었지만 여학생이 조금 더 많았다. 원래 여자들이 스포츠는 싫어해도 스포츠 선수는 좋아한다. 남자들은 그런 여자들을 이해할 수 없겠지만.

그중에서 가장 빛이 나는 사람은 당연히 이수애였다. 그녀가 야구부를 응원하자 그녀를 따르는 남학생도 덩달아 많아졌다. 하지만 남학생들은 몰랐다. 그녀가 응원하는 것은 야구부가 아니라 삼열 혼자라는 것을 말이다.

수애가 야구부 주위를 얼쩡거리자 그녀의 단짝인 말숙도 자연 딸려왔다. 그녀 역시 이름만 촌스럽지 외모는 상당히 예뻐 남학생들 사이에 인기가 많았다. 말숙은 자신의 이름에 프라이드를 갖고 있다. 촌스럽지만 한 번 들으면 절대로 잊히는 이름이 아니다. 게다가 자신의 외모는 촌스러움과 조금의 관련도 없다.

"오빠, 파이팅!"

"에휴~"

말숙은 짝사랑에 빠진 친구 수애를 딱한 눈으로 바라보았다. 여름으로 가는 길목에 있는 하늘은 무척이나 맑고 투명했다.

＊　　　＊　　　＊

장팔봉 교장은 요즘 신이 났다. 말썽만 피우던 야구부가 이제는 제법 경기에서 승리도 하고 그러니 어깨에 저절로 힘이 들어갔다.

한때 학교 재단 이사회에서 야구부를 없애자는 의견을 내놓은 적도 있었지만 야구를 좋아하는 그가 반대했다. 학교 운영에 별다른 간섭을 하지 않는 재단은 교장의 요청을 받아들여 야구부를 존속시켰다. 그런데 기대하지도 않던 야구부가 실적을 내기 시작한 것이다.

"허참, 이거 좋아도 너무 좋군."

그는 운동장에서 야구를 하고 있는 학생들을 보며 미소 지었다. 그리고 생각했다. 이렇게만 나가면 야구부를 더 많이 후원할 수 있을 것이라고.

'그나저나 삼열이는 공부를 제대로 하고 있는지 모르겠군.'

야구부를 없애지 않은 이유 중의 하나가 삼열 때문이다. 물론 그 역시 야구를 좋아해서 없앨 마음도 없었지만 삼열이 서울대에 가준다는 확언을 해주었기에 소신 있게 밀어붙였다. 재단도 그렇고 학부모들에게서도 야구부를 없애자는 이야기가 나왔지만 서울대 수석이 가져다주는 매력에 비하면 태양 앞의 반딧불이다.

서울대 수석에 대한 의심은 없다. 삼열에 대한 기록을 모두 가지고 있는 그는 삼열의 IQ가 170이지만 전문가 소견인 측정 불가라는 첨부 내용도 알고 있다. 그러니 삼열이 신경만 써준다면 서울대 수석은 충분하리라고 본 것이다.

그는 학생들을 사랑하기는 했지만 그렇다고 정치적인 술수를 부리지 않는 것은 아니었다. 사립학교 교장이라는 자리는 가만히 앉아 있어도 유지되는 자리가 결코 아니다. 게다가 그는 사립학교 교장에 대한 자부심이 컸다. 공립학교는 큰 그림을 그릴 수 없다. 선생이 5년 단위로 바뀌는 시스템으로는 학생을 지도하기도, 비전을 세우기도 힘들다. 하지만 사립학교는 그렇지 않았다. 마음만 먹으면 얼마든지 교장이 학교를 명문으로 만들 수 있었다.

사립학교에서 일어나는 왕따나 일진의 구타가 공립학교에 비해 확연히 적다는 것은 이미 언론을 통해 밝혀진 바이다. 대광고 역시 일진이 있지만 다른 학교에 비해서 심하지 않은 편이다. 3년 전, 일진이 삼열을 괴롭힌 사건에 단호하게 대응

한 것도 학교의 명예를 생각해서 한 것이다. 괴롭힌 학생들 모두에게 정학 처분을 내리자 일진의 활동은 자연 위축되었다. 그리고 그것이 대광고의 전통이 되었다.

*　　　　*　　　　*

삼열은 열두 시 반에 잡혀 있는 경기를 위해 준비했다. 이번 경기는 구의 야구장에서 열린다. 야구장은 서울시에서 운영하고 있어서 관리가 잘되어 있었다. 아마추어를 위한 경기장이라 관람석은 300석밖에 되지 않았다.

야구부원들은 열한 시에 도착하여 몸을 풀고 점심을 햄버거로 때웠지만 삼열은 수화가 싸준 도시락을 먹었다. 3단 도시락에 담긴 고기와 샐러드, 그리고 반찬에 탐을 내던 아이들은 젓가락 한번 잘못 놀렸다가 삼열에게 맞아 죽을 뻔했다.

"형, 왜 그래요?"

"새끼야, 울 애인이 처음으로 싸준 도시락에 어디 감히 젓가락을 들이밀어?"

"헐! 형, 애인 있어요?"

"당연히 있지. 없는 놈이 병신 아니냐?"

졸지에 병신이 되어버린 송치호는 뻘쯤해져서 얼굴을 손으로 벅벅 긁었다. 싸가지가 없는 삼열에게 듣는 사람의 마음을 배려해 줄 넓은 마음 따위는 없었다.

"오늘은 삼열이가 선발이다."

치호가 놀라 유승대를 바라보자 그가 덧붙였다.

"이번에는 삼열이가 배운 구질을 시험한다고 해서 허락했다. 그리 알도록."

"네."

선수들이 일제히 대답했다.

"형, 뒤는 제가 있으니 걱정하지 마세요."

"너나 걱정하지 마. 오늘은 져도 내가 완투할 거다."

"헐! 형, 나도 던지고 싶다고요."

"애들은 저리로 가."

"나 참, 형도."

삼열이 눈을 부라리자 고개를 숙이고 치호가 구석으로 걸어가 앉았다. 최대한 불쌍하게 보이려는 의도였지만 삼열은 그런 그를 쳐다보지도 않았다.

삼열은 수비가 먼저라는 것을 생각하고는 몸을 풀었다. 운동장을 가볍게 돌고 유연성을 위한 체조를 하고 나서 공을 던졌다. 공이 매끄럽게 미트에 꽂혔다.

"형, 좋아요!"

심재명이 삼열의 공을 받아보고는 소리를 질렀다. 삼열도 자신의 공이 제대로 들어가고 있음을 알았다. 직구를 뿌리고 변화구를 실험하고 슬라이더도 던졌다. 슬라이더는 문제가 있었지만 전체적으로 제구가 잘되었다.

경기가 시작되었다. 삼열은 첫 타자에게 슬라이더를 던지다가 히트 바이 어 피치드 볼로 주자를 보냈다. 역시나 아직 슬라이더는 제구에 문제가 있었다.

'한 번 더 던지지, 뭐.'

삼열은 황금사자기 대회에서 슬라이더를 던지려면 지금부터 준비해야 하는 것을 알았다. 그래서 점수를 주더라도 손에 익숙하게 만들어놓는 것이 필요하다고 생각했다.

펑.

"스트라이크."

공이 다행히 외곽에 꽉 차게 들어갔다. 의도한 공은 아니고 실투였지만 직구처럼 그냥 날아갔다.

이번엔 변화구를 던졌다. 변화구가 위에서 아래로 떨어지면서 미트에 빨려들어 갔다.

펑.

"스트라이크."

투 스트라이크가 되자 타자가 당황하는 모습이 보인다. 삼열은 다시 슬라이더를 던졌다. 이번에는 제대로 들어갔다. 가운데로 들어가다가 바깥쪽으로 흘렀다.

타자의 방망이가 헛돌았다. 두 번째 타자를 삼진 처리하고 삼열은 다음 타자에게 다시 초구에 슬라이드를 던졌다.

딱.

공이 배트 중앙에 맞으면서 1루 주자가 뛰었다. 1사에 주자 1, 3루가 되었다.

"쩝, 쉽지 않네."

1회에는 더 이상 슬라이더를 실험하기 힘들어졌다. 4번 타자가 나왔다. 타석에 들어서서 날카로운 눈빛을 보내는 타자를 보며 삼열은 공을 뿌렸다.

펑.

"스트라이크."

타자가 반응하지도 못할 정도로 빠른 공이었다. 다음은 각이 큰 변화구였다.

"볼."

삼열이 보기에는 공이 스트라이크 존에 들어간 것 같았지만 주심의 볼 판정에 신경 쓰지 않았다. 어차피 직구를 던지기 위해 양념으로 커브를 던진 것이다.

"스트라이크."

"스트라이크."

공 네 개로 4번 타자를 삼진으로 잡았다. 5번 타자 역시 별반 다르지 않았다. 그는 몸쪽으로 파고드는 초구를 건드려 내야 뜬공으로 물러났다.

스콧제임스는 관중석에서 삼열이 던지는 것을 지켜보았다. 사전에 대회 측에 양해를 구해서 스피드건을 설치하고 관중석에서 스마트폰에 찍히는 삼열의 공의 속도를 바라보았다.

153㎞/h였다. 아까는 155㎞/h였고. 친구의 말보다 더 대단한 투수였다.

'정말 대단하군.'

스콧제임스가 볼 때 삼열의 장점은 위기관리 능력이었다. 저런 공을 가지고 있으면서 왜 위기를 자초하는지 모르겠지만 주자가 득점권에 들어서자마자 공이 갑자기 달라졌다. 이전의 공도 그다지 나쁘지는 않았지만 위기에 처하자 공의 속도 자체가 달라진 것이다. 동일한 투수가 던진 공이라고는 믿어지지 않을 정도였다.

'굉장하군.'

분명 야구를 시작한 지 얼마 되지 않은 선수인데 믿어지지 않을 정도로 노련한 마운드 운영이다.

스콧제임스는 삼열이 공을 다 던지고 들어가자 느긋하게 의자에 등을 붙이고 앉았다. 그런데 대광고의 1번 타자로 조금 전까지 마운드에서 공을 던진 그 투수가 나오는 것 아닌가.

"뭐지?"

그때 스콧제임스의 옆 좌석의 학생들 입에서 갑자기 욕이 튀어나왔다.

"어라? ×발, 저놈인가 보다. 열라 재수 없는 새끼 말이야."

"뭔데?"

"대광고에 졸라 치사한 1번 타자가 있대. 투수도 하고 1번 타자도 하는데, 이 새끼가 졸라 건방져서 예고 삼진을 한다는 거야. 그리고 투수가 공을 많이 던지게 하려고 일부러 공을 커트만 한대."

"그래? 그게 뭐?"

"말로 하면 별거 아닌 거 같지만 보면 졸라 약을 올린대."

"그래? 새끼가 별종인가 보네."

시합이 재개되자 스콧제임스는 삼열을 바라보았다. 초구는 볼이었다. 그런데 삼열은 타석에서 투 스트라이크까지는 미동도 하지 않고 가만히 서 있었다.

투 스트라이크 투 볼이 되자 본격적으로 타격을 하려고 하는 것을 보니 조금 전에 옆자리에서 말한 학생들의 말이 맞는 것 같았다.

'그래도 커트가 쉬운 것은 아닐 텐데 무슨 생각이지?'

투 스트라이크가 되자 삼열은 투수가 던지는 공을 타격하기 시작했다. 상대 투수는 제구는 제법 되는 편이지만 그렇다고 위력적인 공은 아니었다. 타순이 한 번 돌면 공략하기 좋은 투수로 보였다. 삼열이 투 스트라이크까지 흘려보낸 것은 투수의 구질을 보기 위한 것이었다.

삼열은 스트라이크 비슷하게 들어오면 커트를 하기 시작했다. 아직은 이게 편했다.

투수도 마찬가지지만 타격도 하루아침에 되는 것이 아니다. 적어도 학교를 대표해서 나오는 투수의 공을 안타로 만들기에는 자신이 없었다. 사람에 따라 다르겠지만 이상하게 삼열은 커트가 쉬웠다. 공을 밀어서 치면 물론 내야나 외야로 공이 가겠지만 배트를 끌어당겨서 치니 커트가 어렵지 않았다.

"볼."

투 스트라이크 스리 볼이 되자 투수도 당황하며 긴장하기 시작했다.

다음 공도 낮게 제구되어 들어왔지만 삼열이 커트해 냈다. 그리고 다음 공은 볼이었다. 결국 삼열은 볼넷으로 1루로 걸어 나갔다.

"안녕."

삼열이 1루수에게 말을 걸었지만 그는 대답하지 않고 다른 곳을 바라보았다.

"너, 형이 인사하는데 씹냐?"

"너에 대한 소문 다 돌았어."

"그래? 그러면 내가 형인 것도 알고 있겠군."

"……."

"너 사회 나가서 그렇게 인사성이 부족하면 먹고살기 힘들다."

"나가봤어?"

"돌팍아, 그걸 꼭 경험해 봐야 아냐? 니네 아버지만 봐도 알거 아냐. 너 먹이고 입히려고 회사에서 피똥 싸며 빡시게 일하는 거야."

"졸라 아는 척하네."

"그래? 너 나한테 졸라 맞을래?"

삼열의 말에 1루수가 움찔거렸다. 겁을 집어먹은 것이 확실하였다. 덩치는 상당히 큰데 보기보다 순진한 모양이다.

삼열은 투수가 2구를 던질 때까지 아무런 행동도 하지 않고 베이스에서 떨어지지 않은 채 1루수와 이야기하는 데 정신을 팔고 있었다.

투수가 와인드업하자 삼열이 1루수에게 말했다.

"나 뛸 거다."

"뭐?"

삼열이 작은 목소리로 이야기하고는 번개처럼 2루로 뛰었다.

"헐! ×발, 졸라 빠르네."

1루수 한광식이 중얼거렸다. 포수가 알아차렸을 때는 이미 2루에 안착한 상태였다.

"야, 2루수."

"왜, ×발. 또 뛰게?"

"응."

"말하지 말고 뛰어. 깐죽거리지 말고."

"새끼, 형이 지루해서 아는 체를 해준다는데도 그러네. 어쨌든 뛸 거니까 알아서 해."

"도대체 뭘 알아서 하라는 거야?"

2루수 차태현이 고개를 갸웃거리며 중얼거렸다.

2번 타자 오동탁이 밋밋한 변화구를 받아쳤다. 좌익수 앞에서 바운드된 공을 수비가 잡았을 때는 이미 삼열은 3루를 돈 다음이었다. 좌익수가 공을 잡아 유격수에게 중계했을 때에는 이미 홈베이스를 밟았고 1루 주자도 살았다.

그 모습을 스콧제임스는 입을 벌리고 지켜보았다. 그제야 왜 투수인 그가 1번 타자로 나섰는지 확실하게 알게 되었다. 그보다 더 적절한 1번 타자는 고교야구에서는 없을 것으로 보였다.

"굉장해. 스즈키 이치로보다 발이 빠른 것 같아. 믿을 수 없는 장면이야."

그는 자신도 모르게 중얼거렸다. 그제야 확신할 수 있었다.

야구를 한 지 얼마 안 된 선수가 저 정도의 실력을 갖고 있다는 것은 그가 천재이기 때문에 가능했다.

'이거 생각한 것과 너무 다르잖아? 나 감독의 말을 들었을 때 어느 정도 상품이 될 것 같아서 온 건데 완전 물건이네.'

그는 가방에서 캠코더를 꺼내 열심히 삼열을 찍기 시작하였다. 큰 대회가 열리기 전에, 프로 구단이 그와 접촉하기 전에 만나야 한다. 그는 아이패드를 꺼내 타이핑을 하기 시작했다. 마치 유명한 스타플레이어와 접촉하는 것처럼 마음이 설레기 시작했다.

한국에서 프로야구 선수가 되면 여덟 시즌을 무조건 뛰어야 FA 자격이 주어진다. 그렇게 될 경우 메이저리그에서 뛰는 것은 거의 불가능하다.

왜냐하면 메이저리그에서 적응을 잘하려면 아무래도 마이너리그를 거치는 것이 좋은데, 한국에서 8년을 뛰고 군대 문제를 해결하면 메이저리그는 영영 안녕이다.

스콧제임스는 이 사실만이라도 그에게 알려주고 싶었다. 만약 메이저리그에 진출하고 싶다면 프로 구단과는 절대 계약해서는 안 된다고 말이다.

1회에 대광고는 2득점을 했다. 다시 공수가 교대되고 삼열은 첫 타자를 맞이하여 슬라이더를 던졌다.

딱.

1루타이다. 공이 2루수와 좌익수 사이에 떨어져서 안타가 된 것이다. 그것을 보며 삼열은 자신의 투구 패턴이 상대편에게 읽혔다는 것을 느꼈다.

'뭐, 어쩔 수 없지. 안전하게 가야겠다.'

삼열은 강속구를 뿌렸다.

펑.

"스트라이크."

몸쪽으로 파고드는 공에 타자는 깜짝 놀라 뒤로 물러났다. 그런데 그게 스트라이크가 될 줄은 몰랐던 모양이다. 그만큼 무시무시한 속도의 공이었다.

"×발, 졸라 빠르네."

심재명은 두 번째 들어선 타자의 말에 피식 웃었다.

"빠른 정도가 아니라 치지도 못할 거다."

"…쩝."

2구는 바깥쪽에 꽉 찬 커브였다.

"스트라이크."

제3구는 가운데로 파고드는 투심 패스트볼이다.

딱.

투수 앞 땅볼이라 삼열이 뛰어가 2루로 곧장 송구했다. 2루수가 2루를 찍고 1루로 던졌다.

1—4—3으로 이어지는 멋진 더블 플레이가 나왔다. 2회에

서 삼열은 공을 열 개도 안 던졌다.

스콧제임스는 매회 주자를 진루시키고도 쉽게 경기를 이끌어가는 삼열을 보고 그가 더욱 마음에 들었다. 주자가 누상에 진루하면 투구가 흔들리는 투수가 의외로 많다. 그런데 삼열은 타자가 진루하면 집중력이 더 좋아지니 이상적인 투수였다.

메이저리그에서 선발과 마무리, 그리고 다시 선발을 뛴 존스몰츠는 원래 새가슴의 선수였다. 메이저리그 통산 213승 154세이브를 가지고 있는 그는 평상시에는 잘 던지는데 주자가 진루하여 실점할 위기가 발생하면 급격히 무너지곤 했다. 그러나 그는 구단이 제공한 스포츠 심리학자의 도움으로 완전히 다른 투수가 되었다. 야구는 멘탈이 좋아야 좋은 성적을 거둘 수 있는 경기다.

아무리 구위와 구질이 좋아도 위기에 약하면 좋은 투수가 되지 못한다. 투수가 쫄면 아무리 제구력이 좋고 구위가 좋아도 경기를 망치는 것은 한순간이다.

스콧제임스가 삼열을 높게 평가하는 점은 주자가 누상에 진루하면 공이 완전히 변해 타자들이 아예 공략할 시도조차 해보지 못한다는 것이다. 그는 삼열이 에이스로 성장할 가능성이 높은 선수라고 생각하며 더욱 흥미롭게 경기를 지켜보았다.

2회에는 대광고가 점수를 내지 못하고 다시 공수가 교대되었다. 삼열은 8번 타자를 보면서 무슨 구질의 공을 던질까 생각했다. 일단 슬라이더는 안 된다. 이미 간파되었기 때문이다. 삼열이 머뭇거리자 심재명이 포심을 요구해 왔다. 그것도 몸쪽 공이다.

"야, 몸쪽으로 공이 들어갈 거야. 너무 붙어서 치면 너 다시는 야구 못 하게 될지도 몰라. 저 형 무시무시해."

8번 타자 도일명은 그의 말에 몸을 움찔 떨고는 조금 뒤로 물러났다. 그도 소문을 들어서 알고 있었다. 대광고에 인간성이 엿 같은 투수가 하나 있는데 플레이트에 붙어서 치면 일부러 몸쪽에 무시무시한 공을 던진다는 소문을. 그는 그 무서운 공에 자신이 맞는다고 생각하자 도저히 적극적으로 플레이트에 붙어서 타격을 할 엄두가 나지 않았다.

정말 포수의 말대로 몸쪽으로 꽉 차게 들어왔지만 도일명은 배트를 휘두르지 못했다. 그만큼 빨랐던 것이다.

"스트라이크."

빠른 데다 제구력까지 좋았다. 도일명은 혀를 내밀고 고개를 절레절레 흔들었다. 그가 지금까지 야구를 해온 이후로 가장 빠른 공이었다.

다음 공은 슬라이더가 들어왔다. 공이 스트라이크 존으로 들어오다가 바깥으로 급하게 휘었다.

"볼."

"아 참, 무지 안 들어가네."

삼열은 슬라이더가 계속 제구가 안 되자 고개를 숙이며 한숨을 내쉬었다. 그래도 멈출 수 없었다. 계속 던져야 했다.

삼열은 상반기에 실시되는 황금사자기 전국 대회에서 왠지 슬라이더를 던지고 싶어졌다. 굳이 그러지 않아도 그의 공을 칠 수 있는 고교야구 타자가 거의 없겠지만 자꾸만 슬라이더에 끌렸다.

우타자에게 슬라이더를 던지면 굉장히 위력적이다. 좌타자에게는 그다지 영향이 없지만 그래도 우타자에게 효과가 좋은 결정구를 가지고 있다면 기분 좋은 일이다.

유승대는 삼열이 경기를 풀어가는 모습을 보고 속으로 상당히 놀랐다. 새롭게 구질을 점검하고 싶다는 삼열의 말이 설마 슬라이더라고는 생각하지 못했다. 아마도 우타자에게 결정구로 던지려는 모양인데 그도 찬성이다.

'끝까지 삼열이가 던지게 해?'

유승대는 삼열을 흘깃 보고는 고개를 돌렸다. 괜히 저 이상한 놈하고 거북한 사이가 되고 싶지 않았기에 삼열이 원할 때까지 던지게 해야 할 것 같다. 어차피 황금사자기 대회는 거의 출전이 확정적이니까.

'젠장, 너무 잘난 놈이 야구부에 들어오니 학생이 학생이 아니네.'

속으로 불평을 하면서도 알아서 잘하고 있는 삼열을 인정하지 않을 수 없었다. 그가 오고 나서 야구부가 확 달라졌다. 그럴 수밖에 없었다. 삼열이 죽어라 연습하니 옆에서 보고 있는 야구부원들이 따라 하지 않을 수 없었던 것이다. 특히나 조영록을 제압한 이후론 야구부 내에 삼열의 말을 거역할 수 없는 분위기가 형성되었고, 유승대는 그런 미묘한 역학 관계를 이용하여 편하게 야구부를 이끌어가고 있었다.

원아웃에 삼열이 타석에 들어섰다. 날씨 한번 좋다고 생각하는 사이에 공이 지나갔다. 상대 투수 이일제는 삼열이 투스트라이크까지는 배트를 휘두르지 않는다고 생각하면서 공을 던졌는데 역시나 아무런 반응을 하지 않았다.

"뭐야?"

그는 불만이 가득한 모습으로 삼열을 보았다. 투 스트라이크를 쉽게 잡으면 뭐 하는가. 그다음부터는 공을 커트하고 또 커트해 버리는데. 미치고 팔짝 뛸 노릇이다.

선구안은 또 왜 그리 좋은지 스트라이크로 들어가는 공은 모조리 알아채고 커트해 버린다. 그렇다고 타자를 출루시키면 발이 빨라서 도루로 득점해 버린다. 투수들이 가장 꺼리는 유형이었다.

"×발, 빅 엿이나 먹어라."

그는 공을 몸쪽으로 바짝 붙여서 던졌다. 나름 강속구라고 던졌는데 삼열이 교묘하게 몸을 비틀며 피해 공이 옷을 스치고 지나갔다.

삼열은 히트 바이 어 피치드 볼로 1루로 진출했다.

"젠장."

그는 침을 뱉었다. 입이 썼다. 지금까지 여러 경기를 해왔지만 지금같이 기분 나쁜 경기는 처음이다.

상대가 자신을 가지고 논다는 느낌, 무시를 당하고 있다는 느낌이 들었다. 뛰쳐나가서 두들겨 패고 싶었지만 억지로 그런 마음을 억눌렀다.

그러자 그의 투구가 흔들리기 시작했다.

아직 감정 통제를 잘 못하는 청소년인지라 끓어오르는 분노를 억제하지 못한 상태에서 공을 던지자 공이 포수의 미트에서 벗어나는 폭투가 되어버렸다. 포수가 급히 일어나 뒤로 가서 공을 잡았지만 이미 1루에 있던 삼열은 2루를 돌아 3루로 진루하고 있었다.

스콧제임스는 자리에서 벌떡 일어났다. 지금의 폭투라면 1루에서 2루까지 뛰는 거야 별로 어려운 일도 아니다.

그러나 3루까지 진루한다는 것은 그가 생각해도 무리였다. 그런데 그는 어느새 3루의 베이스를 밟고 웃고 있는 것이 아닌가.

한마디로 놀라운 주루 플레이였다.

'하, 이것을 투수로 봐야 하는 거야, 아니면 타자로 봐야 하는 거야? 정말 어렵군.'

그는 고개를 설레설레 흔들며 3루에서 상대 팀 수비수와 말을 주고받고 있는 그를 바라보았다. 그리고 그는 아이패드 속 삼열에 대한 보고서에 퍼펙트라고 적어 넣었다.

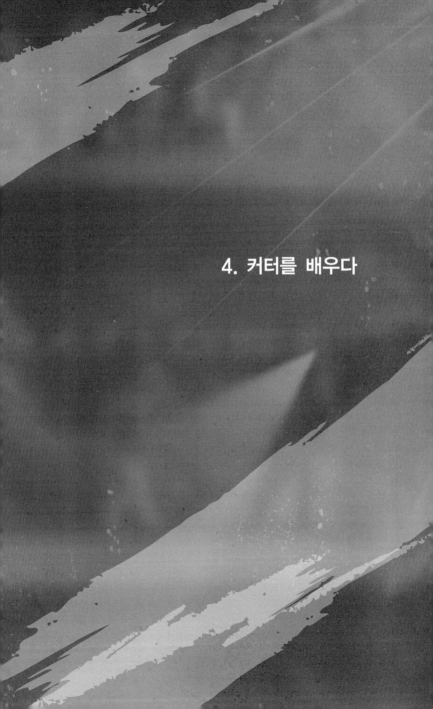

4. 커터를 배우다

삼열은 3루에서 수비수에게 말을 걸었다.

"아까 나 뛰는 것 죽이지 않았냐?"

"×발, 너 인간성 엿 같은 것은 알겠더라."

"음하하하! 그런데 어쩌나. 이번에 또 뛸 건데."

"뭣? 또……?"

삼열은 뛴다고 하면서도 전혀 그럴 생각이 없는 듯 3루 베이스에서 발을 떼지도 않았다. 아까도 이러다가 갑자기 섬광처럼 뛰었다. 그는 다른 선수들처럼 도루나 스퀴즈를 위한 리드 폭이 거의 없다시피 했다. 그리고 이때다 싶으면 순식간에 베이스에서 거리를 벌려 뛰는데 그 뛰는 타이밍이 기가 막혔다.

원 스트라이크 원 볼. 1번 타자 오동탁이 3루를 슬쩍 바라보았다. 그러자 삼열이 손을 흔들며 웃었다. 옆에서 그 모습을 보며 3루수 차동혁이 고개를 갸웃거렸다. 1회에서도 저렇게 타자와 인사를 주고받고 뛴 것이 생각난 것이다.

'혹시?'

그 순간 딱 하는 소리와 함께 오동탁이 배트를 휘둘렀고, 3루수 앞으로 공이 굴러왔다. 그때는 이미 삼열이 거의 홈에 도달해 있어 3루수는 1루로 공을 던졌다.

"젠장."

그의 예상대로 삼열이 손을 흔들고 웃은 것은 뛰겠다는 표시였다. 그것을 보고 타자는 과감하게 배트를 휘두른 것이고.

순식간에 3 : 0이 되고 말았다. 차동혁은 고개를 절레절레 흔들었다. 기분 나쁘고 매너는 엿하고 바꿔 먹은 선수지만 주루 플레이만큼은 정말 존경할 만했다.

삼열은 득점을 하고 선수들과 하이파이브를 하며 더그아웃에 들어왔다.

"형, 끝내줬어요."

"내 포볼은 홈런하고 동급이야."

자화자찬을 하는 삼열을 보고 모두 절레절레 고개를 저었다.

"형, 그러다가 타이 콥처럼 돼요."

"무슨 콥?"

"전설적인 타자이지만 자기 자랑도 전설급이었던 선수예요."

"그러냐?"

　삼열은 머쓱한 표정으로 손을 마구 비볐다. 그 모습이 마치 파리 같아서 더그아웃에 있던 선수들이 모두 웃었다. 뻔뻔한 삼열은 선수들이 웃거나 말거나 상관하지 않고 3번 타자로 나서는 남우열의 엉덩이를 바라보았다. 그의 엉덩이에 무엇이 묻었는지 한쪽 색이 조금 검었다.

　남우열이 안타를 치고 나갔는데 후속 타자의 불발로 공수 교대가 되고 말았다.

　삼열은 마운드에 오르면서 컷 패스트볼을 정말 배우고 싶다는 생각을 했지만 국내에서는 방법이 없었다. 프로 리그에서 뛰는 외국인 용병 몇 명과 박찬호만이 던질 줄 안다.

　올해 박찬호는 좌타자에게 유독 강했다. 우완 투수인 그가 좌타자에게 강해진 이유는 이 컷 패스트볼 때문이다. 이 커터는 직구와 구분이 되지 않는다. 좌타자 입장에서는 직구처럼 날아오다가 타자 앞에서 뚝 떨어지기 때문이다.

정상급 투수들이 던지는 공이 포수의 미트에 꽂히는 시간은 0.4초 내외다. 타자가 공을 인지하는 시간이 0.2초라면 배트를 휘두르는 것을 결정하고 실행하는 것을 0.2초 내에 해야 한다는 말이다. 그런데 커터는 직구처럼 날아오다가 밑으로 뚝 떨어져 버리니 타자가 감을 잡을 수가 없다.

삼열이 진짜 배우고 싶은 공은 커터이지만 그것이 불가능해서 지금 배우고 있는 것이 슬라이더였다. 서클 체인지업도 반드시 필요한 공이지만 지금은 그렇게 급하지 않았다. 그리고 그가 지금 배울 수 있는 공의 구질은 슬라이더가 유일했다.

고교야구에서 포심과 투심, 그리고 커브를 던지면 어렵지 않게 타자를 상대할 수 있다. 문제는 구질이 다양하지 못하면 제구가 안 되는 날에는 경기를 망치게 될 확률이 높다는 것이다. 제구가 안 되는 날이라 하더라도 모든 공이 안 들어가는 것이 아니라 유독 안 되는 구질이 있다. 그럴 때 문제가 생기는 것이고, 삼열이 슬라이더를 배우려고 하는 이유도 그 때문이다.

'어떻게 한다?'

삼열은 슬라이더를 더 시험해 볼까, 아니면 여기서 멈추고 정상적인 경기를 할까 생각했다. 그러나 곧 그에게 달콤한 유혹이 찾아왔다. 점수 차가 3점이라는 것이다. 이 점수는 쉽게 뒤집을 수 있는 게 아니다. 자신도 그렇고 송치호도 한순간에 무너지는 투수가 아니니까.

'밀고 나가자.'

삼열은 마음을 굳혔다. 동계 훈련 때에 투구 연습을 더 열심히 하지 않은 것이 후회스러웠다. 하지만 아직 그는 야구를 시작한 지 겨우 1년 남짓 된 햇병아리 투수일 뿐이다.

펑.

"스트라이크."

낙차가 큰 커브가 타자 앞에서 아래로 떨어져 내렸다. 커브는 두 종류가 있다. 위아래로 변하는 커브와 좌우로 움직이는 커브. 당연히 타자가 치기 어려운 것은 위에서 아래로 변하는 공이다. 왜냐하면 좌우로 변화는 공은 선(線)이고 위아래로 변하는 공은 점(點)이기 때문이다. 타격 포인트는 선보다는 점이 치기가 더 어렵다.

종적인 타격 포인트를 가진 구질들은 타자들이 잘 맞추지 못한다. 포크볼을 치기 어려운 것도 타격 포인트를 어느 한 점에 맞춰야 하기 때문이다.

그렇다고 좌우로 변하는 공은 공략하기 쉽냐면 그것도 아니다. 종으로 변하는 것보다야 상대적으로 쉽지만 타자가 변화하는 공을 제대로 치기는 어렵다. 좌우로 변하는 공은 히팅 포인트를 제대로 잡아도 빗맞을 확률이 높다. 공의 무브먼트, 즉 공 끝이 지저분하면 장타를 맞지 않는다. 반면 공이 정직하면 타자에게 사정없이 두들겨 맞는다.

타자는 멍하니 투수를 바라보았다. 이렇게 좋은 변화구를 가지고 있을 줄 예상하지 못한 것이다. 그냥 빠른 직구와 제구가 안 되는 슬라이더가 있을 뿐이라고 생각했다.

"젠장."

5번 타자 차동혁은 아까 3루에서 얄밉게 자신을 능욕하던 투수의 공을 시원하게 때리고 싶었지만 여의치가 않았다. 상대가 강해도 너무나 강했다.

2구는 슬라이더였다. 역시나 볼이다. 삼열은 3구와 4구는 포심과 투심을 던져서 타자를 삼진으로 잡았다. 삼열은 커브와 직구를 던지며 볼카운트에 유리할 때마다 슬라이더를 던졌다. 한 번이라도 더 던져야 그만큼 손에 익을 것이라고 생각하면서.

중앙고의 양수리 감독은 삼열의 공을 보고는 고개를 숙였다. 그는 방금 전 삼열이 커브를 던지기 시작하자 이 경기에서 이길 수 없음을 깨달았다.

'휴, 저 선수의 공은 지금 당장 프로에 가도 통할 것이다. 그동안 왜 저런 선수가 소문이 안 났는지 이해할 수가 없군.'

그는 생각했다. 중앙고는 작년보다 훨씬 강해졌지만 유감스럽게도 특급 투수가 없었다. 팀의 타력이 좋아도 저런 강력한 투수를 만나면 별수 없어진다.

"하아~"

"힘들겠죠?"

"그래요. 상대 투수가 너무 잘 던져요."

"그리고 반대로 중앙고의 문제점이기도 하죠. 에이스가 없다는 것, 이것은 우리 학교가 왕중왕전에 진출해도 좋은 성적을 내지 못한다는 이야기죠."

"그렇죠."

양수리 감독은 옆에 있는 이한배 코치와 이야기했다. 중앙고는 작년에 이한배 타격 코치를 영입했다. 그는 중앙고에 국어 교사로 부임했다가 지금은 야구부의 일을 도와주고 있다. 대학에서 잠시 4번 타자로 활동했지만 교사가 되고 싶어서 야구를 그만두고 교직 과목을 이수해 교사가 된 그다.

원하는 바대로 되었지만 그는 여전히 야구를 사랑했다. 그래서 중앙고에 야구부가 있다는 사실을 알고 굉장히 기뻐했다. 그리고 자청해서 야구부 일을 했다. 그렇다고 일주일에 스무 시간 있는 수업 시간이 줄어드는 것도 아니다. 그가 수업을 빼면 다른 선생이 다섯 시간이나 추가로 수업을 해야 해서이다.

그래도 그는 그런 불이익을 감수하고 야구부의 타격 코치를 맡아 시간이 날 때마다 가르쳤다. 그렇게 작년과 다른 팀으로 변신하는 데 일익을 담당했지만 올해도 결국 투수력에서 달렸다.

대광고나 중앙고나 작년에는 만년 하위 팀이었다. 올해는 두 학교 다 꼴찌 팀이라는 불명예를 벗었지만 결과는 전혀 달랐다. 대광고는 이제 강팀과 붙어도 쉽게 지지 않는 팀이 되었다.

*　　　*　　　*

스콧제임스는 모든 장면을 캠코더에 담으며 가슴이 두근거리는 것을 느꼈다. 일찍이 이렇게 그의 가슴을 설레게 만든 선수는 없었다. 고교야구에서 보면 삼열은 조금 지나친 감이 있었지만 쇼맨십이 많이 필요한 메이저리그에서라면 이야기가 다르다. 그는 슈퍼스타가 될 자질이 다분했다.

메이저리그는 스타 마케팅을 한다. 팀의 승패도 중요하지만 선수 개개인의 기록과 인기가 상당히 중요한 곳이다. 메이저리그의 전설적인 타자 타이 콥은 베이브 루스에 대한 대중의 사랑을 이해하지 못해서 항상 질투했다.

타이 콥의 주장이 옳다고 하더라도 그 시대는 대공황이었기에 사람들은 타이 콥처럼 승리를 위해 악랄한 짓을 서슴지 않는 그보다는 삼진을 당하더라도 시원한 홈런을 날려주는 루스에게서 위안을 얻었던 것이다.

1920년 보스턴 레드 삭스의 프레지 구단주는 베이브 루스를 양키스로 팔아버렸다. 그는 분노하는 팬들에게 루스는 인격 파탄자이며 이기적인 선수라고 매도했지만 다음 해에 양키스는 그야말로 루스 때문에 떼돈을 벌어들이게 된다. 루스가 양키스로 가자 그의 홈런을 보러 팬들이 몰려들었기 때문이다.

1923년에 지어진 양키 스타디움은 다른 말로 '루스의 집'으로 불린다. 그가 지은 집이라는 말은 사실이었다.

전해에 60만 관중이었던 관중이 그다음 해에는 120만으로 늘어났던 것이다. 베이브 루스는 말 그대로 구름 같은 관중을 몰고 다녔다.

메이저리그가 재미가 있는 이유 중의 하나가 이 스타 마케팅 때문이기도 하다. 팬들이 정말 좋아할 만한 매력적인 선수들을 보유한 구단이 관중 동원에 성공하기 때문이다. 팀의 승리를 보기 위해 구장을 찾는 것보다 좋아하는 선수를 보기 위해 가는 경향이 미국인들에게는 더 강했다.

베이브 루스가 쓰던 모자가 경매에서 3억에 낙찰되었으며 최근에 레이디가가가 사용한 찻잔과 접시가 8,460만 원에 낙찰되었다. 레이디 가가의 입술이 선명히 찍혀 있다고 하는데, 이런 것은 스타들의 파워를 보여주는 대목 가운데 하나이다.

결국 스타 마케팅은 구단의 이익을 극대화시켜 준다. 유명한 스타들의 티셔츠 판매량은 장난이 아니다. 많은 팬들이 자신이 좋아하는 선수의 티셔츠를 입고 응원하기 때문이다.

7회부터 삼열의 슬라이더가 조금씩 제구가 되기 시작했다. 물론 상대 팀이 강했다면 이렇게 실험을 할 생각을 하지 못했을 것이다.

삼열은 나지막하게 한숨을 내쉬었다. 원래 이렇게 해서는 안 되었다. 비록 슬라이더를 던지기 위해 따로 투구폼을 익히지 않아도 되었지만 수없이 많은 연습을 통해 제구력을 갈고 닦아야 하는데 삼열은 이런 순서를 무시했다. 그러니 이렇게 제구가 안 되는 것이 당연했다. 그러나 실전에서 직접 사용하니 효과는 좋았다. 집중력을 발휘해서 던지니 공을 던질 때마다 온 힘을 다해야 했다.

'이제 겨우 원하는 방향으로 가서 꽂히기 시작한 것인가?'

그의 뛰어난 신체 능력이 이런 무모한 시도를 가능하게 만들어주었다. 그리고 중앙고가 상대적으로 약한 팀이라 그나마 해볼 수 있었다.

송치호는 눈을 크게 뜨며 삼열이 공을 던지는 것을 지켜보았다. 대단한 형이라고 생각해서 일찍부터 그를 따랐지만 불과 1년도 안 되어 저렇게 위력적인 공을 던지는 것은 무척이나 경이로웠다.

요즘 들어 자신이 선발로 나서면 뒤를 받치던 삼열이었는데 오늘 보니 자신보다 공이 더 좋았다.

'이러면 에이스 자리를 빼앗기게 될 텐데.'

송치호는 삼열의 호투가 반갑기는 했지만 그의 선전으로 인해 자신의 위치가 변할까 봐 걱정스러워졌다.

인간이란 원래 이기적인 동물이다. 송치호는 불과 얼마 전까지만 해도 제구가 들쭉날쭉해서 제대로 된 투수 대접을 받지 못했는데 이제는 프로 구단에서 탐낼 정도가 되었다. 그런데 자신보다 밑이라고 생각하던 삼열이 놀랍게 성장하자 부러움과 함께 시기심이 마음속에서 슬며시 솟아나는 것이 아닌가.

그는 머리를 좌우로 흔들었다. 뭐라고 해도 삼열은 자신의 은인이고, 또 올해 좋은 성적을 내지 못하면 대학도 프로 구단도 물 건너간다.

그리고 황금사자기 전국대회에 나가게 되면 어차피 혼자 경기를 이끌어갈 수 없다. 지금처럼 일주일에 한 번 경기가 있는 것이 아니라 주말과 공휴일을 이용하여 경기를 하기에 두 명 이상의 투수가 필요하다. 그리고 하반기 방학 중에 진행되는 청룡기 전국대회는 더욱 그러하였다.

"쳇, 그래도 한 경기를 혼자 다 던진다는 것은 너무해."

그는 후보 선수처럼 더그아웃에만 있다 보니 왠지 심술이 났다. 하지만 무시무시한 눈빛을 가진 삼열에게 이의를 제기하기란 쉬운 일이 아니었다.

펑.

"스트라이크."

삼열이 던진 공이 미트에 꽂히자 주심이 스트라이크를 선언하면서 공수가 교대되었다. 삼열은 더그아웃에 들어와 고개를 숙이고 있는 송치호를 보니 조금 미안해졌다. 하지만 지금은 이것저것 봐줄 때가 아니었다. 송치호야 이미 자신의 존재 가치를 증명한 투수이고 자신은 아니었다. 그러니 이렇게 약체 팀에 해당하는 중앙고를 상대로 새로운 공을 실험하고 있는 것이 아닌가.

"휴, 이제 겨우 제구가 되네."

"뭐가요?"

"슬라이더 말이야."

"아, 형. 슬라이더 던지셨어요?"

오종록이 놀란 표정을 지으며 삼열에게 되물었다.

"응, 제구가 안 돼서 던져도 다른 공으로 보였을 거야. 경기 중에 던지면 혹시 더 빨리 익힐 수 있지 않을까 생각했는데 역시나 그렇더라고."

"엑, 그런 거였어요?"

한쪽 구석에 앉아 있던 송치호도 귀를 쫑긋거리며 듣고 있었다. 그 역시 삼열이 가끔 던지는 공이 슬라이더 비슷하다고는 생각했지만 확신은 하지 못했다. 투수가 공을 던져도 밖에서 지켜본 사람들은 정확한 구질을 알 수 없다. 던진 사람만 확실하게 장담할 수 있다.

9회에는 송치호가 나왔다. 중앙고로서는 쌍수를 들고 바뀐 투수를 환영하였지만 치지 못하는 것은 마찬가지였다. 삼열의 공을 두 눈 멀쩡히 뜨고 당했다면 송치호의 공은 그래도 공략을 해보려고 배트는 휘둘렀지만 빗맞거나 내야 땅볼로 아웃되고 말았다.

"와!"

"이겼다!"

대광고 선수들은 기뻐하며 소리를 질렀다. 그리고 흥분된 마음으로 각자의 짐을 정리하기 시작했다.

유승대는 학생들을 보며 회심의 미소를 지었다. 작년과 비교해서 투수진이 보강되었을 뿐인데 4승 1패의 전적이다. 물론 타자들의 실력도 늘었지만 투수진에 비할 바가 아니다. 이제 대광고는 당당히 상위 팀이 된 것이다.

삼열을 마음대로 못 한다는 것이 불만족스러웠지만 그것은 대광고에 근무하는 모든 선생에게 해당되는 공통점이다. 그에게 지금 필요한 것은 눈에 띄는 실적이었다. 학생들을 몇 명이나 대학에 보내느냐가 관건이었다. 이를 위해서는 대회의 성적이 아주 중요했다.

스콧제임스는 물끄러미 짐을 챙겨 떠나는 삼열을 바라보았다. 마지막에 마무리를 한 학생의 공도 나쁘지는 않았지만 스카우트 대상자는 될 수 없었다. 미안하지만 그 정도의 선수는 미국에 널려 있었다.

"그러나 그는 퍼펙트하군."

스콧제임스는 중얼거리며 스피드건을 회수했다. 최고 구속 156㎞/h가 찍혀 있다. 놀라운 일이다. 이 정도의 구속이라면 메이저리그에서도 특급 투수가 될 수 있다. 그가 현명하다면 말이다.

*   *   *

삼열은 거리를 걸었다. 가방을 들고 나무가 가득한 거리에 사람들을 따라 걷다 보니 어느덧 봄이 가고 있다는 것을 느낄 수 있었다. 뜨거운 여름이 먼저 바람처럼 너무나 쉽게 다가온 느낌이다.

"오늘은 어땠어?"

"시합에서 이겼어요."

"와! 축하해. 난 네가 이길 줄 알았어."

삼열은 배시시 웃는 수화를 안고는 말없이 이마에 입을 맞추었다. 이마에서 코로, 코에서 입으로 내려와 짧은 입맞춤을 했다.

"아이, 난 네 얼굴 더 보고 싶은데."

"그럼 봐요. 나중에 사진 찍어서 보내줄게요."

"흥!"

토라져 등을 돌리는 모습에 삼열은 순간 당황했지만 이제 그도 제법 여자를 알아가고 있었기에 미소를 지었다.

'이런 것이 소위 밀당이라는 거지.'

삼열은 뒤돌아 있는 수화를 뒤에서 안았다. 부드러운 가슴의 촉감이 그의 손을 타고 전해진다. 여자의 피부는 왜 이리 부드러울까. 살짝만 만져도 물감이 묻어나듯 그 부드럽고 말랑한 것이 손에 스며들 것만 같다.

삼열은 눈앞의 사랑스러운 여자의 귀에 살며시 속삭였다.

"사랑해요."

"정말?"

수화는 여전히 뒤를 돌아보지 않고 반문했다. 삼열이 말할 때 귓불을 간질거리는 뜨거움 숨결이 그녀를 흥분시켰다.

"그럼요, 우리 할까요?"

"넌 매일같이 하자고만 해."

"좋은 걸 어떻게 해요."

수화도 삼열과 하는 것이 너무나 좋았다. 자신이 먼저 하자고 하면 왠지 싸 보이고 밝히는 여자 같아 망설여지곤 했다. 하지만 이렇게 이야기를 하면서 서로의 몸을 만지는 것만으로도 수화는 좋았다.

목마른 놈이 우물을 판다고, 남자로 하여금 안달이 나게 해야 오래 잡아둘 수 있다는 말은 정말인 것 같다. 여자가 먼저 하자고 하면 이상하게도 남자들의 태도가 달라져 버린다. 아직 나이가 어린 삼열은 그 정도가 심하지 않으나 그녀가 실험해 본 바에 의하면 자기가 먼저 하자고 한 날과 그렇지 않은 날의 삼열의 태도가 정말 달랐다. 여자도 남자와 마찬가지로 욕망이 있는데 말이다.

그것이 불만이었지만 그를 사랑하니까, 삼열을 섹스 파트너로만 만난다면 몰라도 사랑하니까 조심스러웠다. 그가 자신을 더 사랑하게 만들고 싶어지는 것이 여자의 본능이다. 마치 화장을 해서 사람들에게 예쁘게 보이고 싶은 것처럼 사랑받고 싶은 것도 여자의 내면에, 아니, 피부와 세포에 새겨진 본능과도 같은 것이다.

"아이, 몰라."

수화의 말에 용기를 얻은 삼열이 그녀의 목을 입술로 더듬었다.

삼열은 조심스럽게 아주 천천히 어루만졌다. 수화는 삼열의 손길을 통해 그가 자신을 소중하게 여긴다는 것을 느꼈다. 행복했다. 사랑하는 사람이 자신을 이렇게 소중하게 여겨주는 것이야말로 여자들이 꿈꾸는 로망이다.

꿈처럼 달콤한 시간이 지나자 수화가 나른한 목소리로 말했다.

"우리 내일 놀러 가자."

"어디로요?"

"바다 보고 싶어."

"그럼 인천 바다 가요."

"피이~ 거기 말고."

"우린 차가 없잖아요."

"하긴. 그럼 영화라도 보자."

"네, 좋아요."

수화는 자신이 무슨 말을 하면 항상 찬성해 주는 삼열이 정말 좋았다. 이런 남자에게 어떤 여자가 빠지지 않겠는가 생각하며 살며시 미소 지었다.

다음 날, 삼열은 학교에 등교하여 오전 수업을 듣고 점심을 먹은 후 연습하고 있는데 교장실에서 호출이 왔다.

'뭐지?'

삼열은 교장실로 가면서도 고개를 갸웃거렸다. 장팔봉 교장이 자신을 부를 이유가 없다고 생각하며. 자신은 요즘 수능 준비도 착실히 하고 있기 때문이다. 그는 본관 1층의 교장실로 다가갔다.

장팔봉 교장은 난처한 표정으로 손님을 바라보았다. 어떻게 소문이 났는지 메이저리그에서 스카우터가 찾아온 것이다. 그는 고민스러웠다. 학교를 빛나게 해줄 삼열이 서울대 수석을 해야 하는데 메이저리그도 나쁘지는 않았던 것이다. 박찬호의 모교인 한양대와 공주고가 그 덕분에 많이 유명해지지 않았는가. 한양대야 원래 이름이 있는 학교지만 공주고는 박찬호 덕을 톡톡히 봤다. 박찬호의 공주고 선배로는 김경문 감독과 신경식 코치가 있다.

똑똑.

"들어오세요."

"부르셨어요?"

"그래, 앉아라."

교장실엔 삼열보다 먼저 온 손님이 있었다. 삼열이 누구냐는 눈빛으로 장팔봉을 바라보며 자리에 앉았다.

"인사해. 너를 찾아온 손님이시다."

"저를요?"

삼열은 이해할 수 없었다. 친척들은 이미 발을 끊은 지 오래라 아는 사람이라고는 거의 없었다. 어쩌면 작은아버지가 남은 재산마저 노리고 있는지는 모르지만, 어쨌든 지금은 자신을 찾아올 손님이 없었다.

스콧제임스는 자리에서 일어나 들어온 소년을 바라보았다. 키가 상당히 크고 체격도 좋다. 무엇보다도 운동을 상당히 열심히 한 몸이다.

"누구… 세요?"

"스콧제임스 김이라고 합니다. 샘슨 스포츠 에이전트 소속이며 오늘은 스카우터의 자격으로 왔습니다."

"스카우트요?"

"얼마 전에 장충고와 시합한 적이 있죠?"

"네."

"그 팀의 나대로 감독이 내 친구입니다. 그 시합을 끝내고 그 친구가 제게 전화를 했더군. 한번 와서 보라고요."

"아, 네. 그런데 왜……?"

"메이저리그에 관심이 있습니까?"

"당연히……."

물론 누구보다 관심이 많았다. 삼열은 가슴이 두근거리는 것을 참고 그를 바라보았다.

"제가 가능할까요?"

"당연하죠. 그제 경기를 지켜보았습니다. 구속이 156㎞/h

까지 나오더군요. 메이저리그가 공의 속도만으로 가능한 곳은 아니지만 제구만 제대로 된다면 가능성이 높지요. 더 넓은 세계에서 야구를 한번 해보지 않겠습니까?"

그때 갑자기 오렌지 걸스의 노래가 흘러나왔다.

"커험."

장팔봉 교장이 자신의 핸드폰을 꺼내 전화를 받았다. 삼열은 뜨악한 표정으로 교장을 바라보았다. 저 나이에 오렌지 걸스의 노래를 듣다니 왠지 깜찍하고 귀엽게 보였다. 오렌지 걸스가 삼촌 팬이 많다고 하더니 그 삼촌에는 아저씨를 넘어 할아버지도 포함된 모양이다.

"뭐라고? 잠깐만. 바로 달려갈게."

장팔봉 교장이 전화를 끊더니 재킷을 꺼내 입으며 불안한 표정으로 스콧제임스와 삼열을 바라보았다. 그러나 어쩔 수 없다는 듯 나가면서 말했다.

"약속이 있어서 먼저 실례하겠습니다. 그리고 삼열아."

"네?"

"너, 나하고 한 약속 잊으면 안 된다?"

"걱정하지 마세요."

장팔봉은 삼열에게 다짐을 받고는 허겁지겁 교장실을 나서면서 주차장까지 뛰다시피 걸어갔다. 원래대로라면 두 사람을 만나게 해주고 싶지 않았지만, 삼열을 만나기 위해 미국에서 왔다는 말과 그의 회사가 미국 내의 3대 스포츠 에이전트사라는 말에 그만 넘어가 삼열을 불렀다.

장팔봉 교장이 나가고 나자 스콧제임스가 명함을 꺼내 삼열에게 주었다. 샘슨사의 메이저리그 담당 팀장이다. 그가 관리하는 선수만 해도 열 명이 넘었다. 물론 혼자 담당하는 것은 아닐 것이다. 팀장이니 밑의 부하 직원들이 대부분의 일을 처리하고 본인은 중요한 일만 담당할 것이다. 이렇게 큰 회사의 팀장이나 되는 사람이 삼열을 찾은 것은 흔한 일이 아니었다. 같은 미국도 아니고 한국을 말이다.

교장도 없는 교장실에서 스콧제임스와 삼열은 이야기를 나눴다.

"그런데 한 가지 의문점이 있는데, 경기 내내 그 이상한 공은 뭐였습니까?"

"아, 슬라이더를 배우고 있는 중이에요."

비딱한 삼열도 자신을 보기 위해 미국에서 와준 그에게는 함부로 할 수 없어 진지하게 대답했다.

"흐음, 슬라이더가 좋은 공이긴 하지만 투수의 팔꿈치에 무리를 많이 줍니다."

슬라이더를 잘 던진 선수로는 스티브 칼튼이 있다. 메이저리그에서 329승을 거둔 대투수이기도 하지만, 그는 사실 엄청나게 운동을 많이 한 선수였다. 존 스몰츠 역시 슬라이더로

덕을 톡톡히 본 투수였는데 그는 네 번의 팔꿈치 수술을 받아야 했다.

요즘은 커터라는 대용품이 나왔으니 굳이 몸에 무리가 가는 슬라이더를 고집할 이유가 없었다. 슬라이더는 조금만 제구가 안 되어도 바로 장타로 이어질 수 있는 공이다.

메이저리그 타자들은 낮은 공에 대처하기 위해 많이들 어퍼 스윙을 해서 타격하지만 그에 반해 커터는 제구가 안 되어도 포심 패스트볼보다 구속이 아주 약간 느릴 뿐이니 상대적으로 안전하고 팔꿈치에 무리를 주지 않는다.

"흠, 슬라이더는 메이저리그에서 스트라이크 존이 좌우로 넓게 형성되기 때문에 삼진을 잡는 데 상당히 유리하기는 하지만 삼열 학생과 같이 구속이 빠른 공을 가진 선수는 커터를 배우는 것이 훨씬 효과적입니다."

슬라이더는 오른손 투수이면 타자 앞에서 오른쪽 바깥으로 휘어진다. 그리고 커터는 슬라이더보다 더 빠르게 날아오다 역시 타자 앞에서 꺾인다.

커터가 슬라이더와 같이 오른쪽에서 바깥으로 휘어지지만 좌타자를 상대할 때 유리한 이유는 타자 앞에서 안으로 휘어져 들어오기 때문이다. 배트의 아래쪽에 맞아 배트가 잘 부러져서 배트 브레이크 볼이라고도 알려져 있다.

"그렇기는 하지만……."

삼열도 이미 알고 있는 사실이다. 하지만 어떻게 커터를 배운단 말인가. 지금은 프로야구 시즌 중인데 염치 불구하고 한화 구단에 찾아가서 박찬호에게 커터를 배우고 싶으니 가르쳐 달라고 할 수는 없지 않은가. 그가 가르쳐 줄 리도 없고 말이다. 박찬호조차 마리아노 리베라에게 커터를 배우기 전까지는 커터를 제대로 구사하지 못했다.

"흠, 슬라이더도 좋은 공이긴 하지만 이미 타자들은 슬라이더를 잘 대처하고 있지요. 커터는 포심을 던지는 자세로 던지기에 타자들이 쉽게 속습니다. 위력도 있고요."

"하지만 한국에서는 커터를 배울 수 없습니다."

삼열의 말에 스콧제임스가 고개를 끄덕였다. 미국에서는 투수가 커터를 배우는 것이 붐이 되어 쉽게 배울 수 있지만 한국은 그렇지가 않았다.

"원하시면 가르쳐 줄 수도 있습니다."

"네?"

삼열이 어안이 벙벙한 표정으로 그를 바라보았다.

"저도 메이저리거 출신입니다. 마리아노 리베라처럼 자세하게 가르쳐 주지는 못하지만 그래도 제법 훌륭한 커터를 가르쳐 줄 수 있습니다."

"정말인가요?"

삼열이 믿을 수 없다는 듯이 그를 바라보았다. 계약을 하자는 말도, 회사를 소개하지도 않았다. 그냥 가르쳐 준단다.

"가르쳐 주시면 감사히 배우겠습니다."

"이번 주말까지 한국에 머물 것입니다. 그동안 가르쳐 줄 수 있습니다. 뭐, 오늘도 시간이 되니 지금부터 하지요."

"아, 네."

삼열은 신이 나 그를 따라 교장실을 나왔다. 운동장으로 발을 옮기는데 심장이 콩닥콩닥 뛰었다. 왜 이런 친절을 베풀어 주는지 알 수 없었다. 계약서를 내밀지도 않으면서 이런 친절을 베푸는 것이 이해가 되지 않았다.

한국이라면 먼저 계약서에 사인부터 받으려고 할 텐데 말이다. 그리고 다른 곳도 아니고 메이저리그가 아닌가? 계약을 안 할 이유가 없다.

삼열은 아직 자신의 가치를 알지 못하고 있었다. 자신의 공이 얼마나 대단한지를 인식하지 못한 채 새로운 구종을 배우려고 욕심을 부리고 있는 것이다. 그에게 시간이 좀 더 있었다면 야구 전반에 대해 알아보았겠지만 이제 막 육체의 개조 1단계가 끝났을 뿐이다.

이전의 그는 죽어라고 연습하고 육체를 혹사시켰다. 질병을 치료하는 것이 급선무였기 때문이다. 덕분에 그의 몸은 좋아졌지만 아직도 루게릭병이 다 나은 것은 아니다.

스콧제임스는 가면서도 이런저런 이야기를 해주었다. 주로 메이저리그의 이야기였다. 삼열이 아는 이야기도 많았지만 그에게서 듣는 것이 더 자세하고 재미있었다.

마리아노 리베라는 포심과 커터 두 종류만을 던지고도 메이저리그에서 통산 608세이브를 거둬 트레버 호프만의 601세이브를 경신함으로써 메이저리그 신기록을 달성했다.

강속구의 투수에게 커터는 그야말로 최고의 구질이다. 커터는 슬라이더처럼 횡으로 휘어지면서도 포크볼처럼 위에서 아래로 꺾이며 공속은 포심과 크게 차이가 나지 않기 때문이다.

리베라의 경우는 포심과 커터의 구속 차이가 채 2km/h도 나지 않는다. 150km/h 이상의 공이 타자의 3미터 앞에서 확 바뀌면 인간의 신체 능력으로는 대처하기가 힘들다. 삼열은 이런 사실을 잘 알고 있기에 커터를 무척이나 배우고 싶었던 것이다.

포심과의 투구 동작이 거의 같고 그립을 잡는 방법도 비슷하다. 타자들은 포심 패스트볼과 차이를 거의 느끼지 못한다. 삼열은 왜 이 남자가 이런 선심을 베푸는지 알지 못했지만 이게 웬 떡이냐 하고 꿀꺽 삼킬 생각이다. 가르쳐 준다고 하는데 안 받아 먹으면 그게 바보 아닌가.

삼열은 유승대 감독에게 스콧제임스를 소개시켜 주고 그에게 새로운 공을 배우기로 했다고 말했다. 유승대는 두말없이 허락했다. 어차피 투수가 던지는 공은 그가 알지도 못하는 영역이고 메이저리그에서도 활약했다는 그에게 배워서 나쁠 것이 없을 것이라고 보았기 때문이다. 게다가 반대한다고 안 배울 놈도 아니다.

"커터의 그립은 슬라이더와 마찬가지로 잡으면 됩니다. 투구할 때 슬라이더를 던질 때처럼 팔을 비틀지 않고 직구처럼 던지면 됩니다. 대신에 공을 던질 때 중지를 잡아채듯이 던지는데 중지의 악력이 좋을수록 회전을 많이 해서 타자 앞에서 휘어지는 각도가 달라집니다. 이해가 되요? 슬라이더는 공의 회전을 팔을 비틀어 만든다면 커터는 중지의 힘으로 회전시키는 것, 따라서 슬라이더보다 휘어지는 각도가 적을 수밖에 없지요. 그리고 직구의 투구폼으로 던지므로 공의 구속은 포심 패스트볼과 유사하게 됩니다."

스콧제임스의 설명을 삼열은 금방 이해하였다. 그제야 커터가 포심과 슬라이더의 중간 볼이라는 것이 확실히 이해가 갔다.

손가락의 힘으로 공을 회전시키니 당연히 그 각이 슬라이더만큼 예리하지 않고 이는 슬라이더만큼 구속이 떨어지지 않는다는 말이다.

즉 슬라이더가 타자 앞에서 30㎝ 정도 휘어진다면 커터는 불과 3~5㎝ 정도만이 휘어진다는 소리다.

따라서 포심 패스트볼과 거의 흡사해서 타자가 맞추지 못할 정도는 아니다. 하지만 타자 앞에서 공이 갑자기 변하기에 타자는 공을 배트의 중심에 맞출 확률이 대단히 낮아진다. 그래서 땅볼이나 뜬공이 많이 나올 수밖에 없다.

커터는 직구의 일종이기에 강속구가 없는 투수에게는 의미가 없는 공이다. 커터를 포심 패스트볼로 착각해서 치라는 공인데 구속이 낮으면 오히려 난타를 당하게 된다. 즉 공의 구속이 140km/h 이하일 경우에는 커터를 굳이 던질 이유가 없는 것이다.

삼열이 나름 생각에 잠겨 있는데 스콧제임스의 말이 계속 이어지고 있다.

"마리아노 리베라와 그렉 매덕스는 이 손가락의 힘이 아주 좋습니다. 그 때문에 마리아노 리베라가 던지는 커터는 옆으로 휘는 것이 15cm에 달합니다. 그러므로 어느 공이든 던질 때는 손가락의 악력이 좋아야겠지만, 커터를 던질 때는 중지의 힘이 필요하므로 강화하는 훈련을 따로 해야 합니다. 아시겠지요?"

"물론입니다. 훈련하는 것이라면 염려하지 않으셔도 됩니다."

훈련이라면 그 누구보다 많이 하는 삼열에게 손가락 힘을 기르라는 말은 새삼스러울 것도 없는 요구였다.

스콧제임스는 훈련은 걱정하지 말라는 삼열의 말에 그가

태어나면서부터 야구를 잘하는 그런 천재가 아닐지도 모른다는 생각을 했다. 어감이라는 것이 있는데, 그것이 묘하게 그의 귀에 훈련 따위는 너무 해서 별문제가 안 된다는 내용으로 들렸기 때문이다.

그것은 사실이었다. 고교야구 선수 중에서 삼열보다 더 많은 연습을 하는 선수는 단연코 없었다.

리베라 외에도 커터를 잘 던지는 선수로는 로이 할리데이가 있다. 그는 내셔널 리그 사이영상을 받기도 했는데 퍼펙트게임과 노히트노런을 동시에 달성하기도 했다. 그만큼 강속구 투수가 던지는 커터는 무서운 공이어서, 제구가 제대로 되면 메이저리그 타자라 하더라도 제대로 받아치기가 힘든 마구에 가까운 구종이된다.

박찬호는 필라델피아 제이미 모이어와 라이언 매터슨에게 커터를 배우고 뉴욕 양키스의 리베라에게 커터를 다듬었다. 박찬호가 이미 커터를 익히고 있었음에도 다시 마리아노 리베라에게 배운 것은 누구보다 그가 커터에 대해 잘 알고 있기 때문이었다. 리베라는 누구보다도 커터로 인해 고생을 많이 했다.

그가 커터를 배우게 된 것은 어느 날 문득 자신의 포심이 제구가 안 되는 문제가 발생했기 때문이다. 무심코 포심을 던졌는데 커터성 변화가 생긴 것이다. 그는 이 새로운 변화를 없애려고 노력했으나 실패하고 포심과 다르게 던지는 법을 발견했다. 그러니 그가 얼마나 고생을 했겠는가. 리베라가 커터를 괜히 잘 던지는 것이 아니었다.

투수가 공 잡는 법을 안다고 그 공을 던질 수 있는 것은 절대 아니다. 인터넷에도 커터를 던지는 법과 설명이 잘 나와 있지만 그렇다고 그것을 보고 던질 수 있다는 것은 절대 아니다. 이 말은 설계도가 있다고 아무나 집을 지을 수는 없다는 말과도 같다.

삼열의 급한 마음과 달리 스콧제임스는 천천히 커터에 대한 다양한 이야기를 해주면서 그립 잡는 법을 설명했다. 역시 슬라이더의 그립과 동일했다. 미묘하게 다른 듯하기는 했지만 정말 슬라이더를 던질 때의 그립이 맞았다. 사람에 따라 습관과 몸의 구조가 달라서 동일한 구종을 던져도 미묘하게 그립을 잡는 방식이 다르다. 이는 손의 크기나 손의 악력과도 관계가 있다.

몸이 작은 사람은 온몸을 이용하여 타격해야 장타가 나오는 반면 손목 힘이 좋은 사람은 그렇게 하지 않고 손목 힘만으로 공을 때려도 홈런을 만들 수 있으니 당연히 공을 치는 자세가 다를 수밖에 없다. 그처럼 투수도 마찬가지다.

기본적인 그립을 쥐는 법에서 출발해 신체의 조건이나 공을 던지는 습관 등을 고려하여 조금씩 투구의 폼을 수정해야 한다. 이를 위해 영상 촬영이 기본이며 필요하다면 초고속 촬영이 가능한 장비를 사용하기도 한다. 하지만 고교야구에 그런 장비가 있을 리 만무하다. 하물며 대광고는 야구장도 없는데 그런 비싼 장비에 투자할 리가 없다.

스콧제임스는 친절하게 공이 나가는 궤적과 공의 회전에 대해서 설명해 주면서 실제로 시범을 보여주었다. 공이 어느 순간 휘어지면서 밑으로 떨어졌다. 누구보다도 눈이 좋은 삼열은 그것을 똑똑히 볼 수 있었다.

바로 눈앞에서 이 마구를 보니 배우고 싶어 안달이 났지만 겉으로 드러내지는 않았다. 혹시나 자신이 이런 내심을 내비치면 불리하게 작용하지 않을까 하는 생각이 언뜻 들었기 때문이다.

하지만 스콧제임스는 삼열이 티를 내지 않아도 얼마나 배우고 싶어 하는지를 금방 알 수 있었다. 눈빛만 봐도 아는데 얼굴에 나타나지 않는다고 모를 그가 아니었다. 수없이 많은 사람을 만나는 것이 직업이니 그 정도를 알아채는 것은 쉬운 일이다. 하지만 그는 이 커터를 빌미로 그에게 계약을 종용할 생각은 없었다.

그런 식으로 고객을 모으면 오래가지 못한다는 것을 그는 잘 알고 있었다. 고객에게는 신의를 다하고 정성을 들여야 한다.

인간이란 누구나 생각을 하고 판단할 줄 아니까 자신에게 잘해주는 것을 알아차릴 수 있다. 그리고 겉으로 잘해주는 척하면서 이용해 먹는 것도 알아차릴 수 있다. 물론 당시에는 모를 수 있다. 그러나 시간이 지나면서 경험과 자료가 축적되면 누구나 자연스럽게 알 수 있게 되는 것이 대인관계이다.

그는 순전히 삼열의 재능을 아껴서 가르쳐 주는 것이다. 그와 계약을 맺지 못해도 가르쳐 줄 것이다. 비즈니스를 하는 데 항상 성공하는 법은 없다.

스콧제임스는 삼열에게 공을 던져 보라고 했다. 처음 커터를 던지는 삼열은 떨렸지만 차분하게 와인드업을 하고 공을 던졌다. 공이 날아가다가 약간 바깥으로 휘어지는 것이 느껴졌다.

스콧제임스는 그 모습을 보고 감탄했다. 그가 공을 제대로 잘 던져서가 아니었다. 오히려 공은 생각보다 훨씬 안 들어갔다. 슬라이더처럼 횡으로만 아주 약간 휘어졌을 뿐이다. 그가 놀란 것은 군더더기 없는 유연한 투구폼 때문이었다.

이런 자연스러운 투구폼은 그렉 매덕스 외에는 없을 정도로 깔끔하였다. 큰 키와 긴 팔을 제대로 이용한 투구폼은 그가 보기에는 그야말로 완벽하였다. 그에 반해 조금 전에 던진 공은 커터의 묘미를 전혀 살리지 못했다. 중지를 전혀 사용하지 않은 것이다.

"와우, 대단하다."

삼열은 기뻐 얼굴을 빨갛게 붉혔다. 그 모습이 천진한 아이 같이 순수해 보인다.

삼열은 직구의 폼으로 던졌음에도 불구하고 슬라이더의 무브먼트가 생긴 것이 신기하였다. 슬라이더는 팔을 비틀어 던지기에 몸에 무리를 주는 공임에 반해 이 커터는 직구이기에 몸에 무리가 가지 않는다.

공의 회전력을 팔에서 중지로 바꾸니 휘어져 가는 것이 작았지만 그렇기에 직구의 구속이 그대로 나오는 것이다. 중지로 낚아채듯 힘을 가해야 공이 좋으로도 변하게 된다. 중지의 힘의 강약, 그리고 나머지 손가락의 미세한 위치가 공의 변화에 영향을 미친다는 것을 알 수 있었다. 물론 이것은 다른 공을 던질 때도 마찬가지다.

'굉장한데.'

삼열은 공이 휘어지는 것을 보았고, 스콧제임스는 공 끝의 무브먼트를 보았기에 서로 다른 결론에 도달한 것이다.

스콧제임스의 판단은 삼열이 야구의 천재라고 생각했기 때문에 나온 결론이고, 지금의 공도 보통 선수들이 처음 던지는 것에 비하면 나쁘지 않았다.

이후로도 삼열은 몇 번이나 더 공을 던졌다. 그때마다 스콧제임스가 유심히 지켜보다가 조언을 해주었다. 그리고 그때마다 그의 공은 좋아졌다.

스콧제임스가 고개를 끄덕였다. 공의 무브먼트는 마음에 들지 않았지만 처음치고는 만족할 만한 투구였다.

한번 말을 하면 그 의미를 굉장히 빠르게 포착하는 것이 가르칠 맛이 나는 선수였다. 게다가 굉장히 노력하는 유형 같아 보였다. 이런 선수는 초기에는 각광 받지 못하더라도 결국에는 대성한다.

'굉장히 머리가 좋군.'

무엇보다 삼열의 머리 하나는 인정해 줘야 할 것 같았다.

'노력형 천재라……. 가장 무서운 사람이지.'

메이저리그에는 재능 없는 선수가 없다. 그런데도 정말 지독한 연습 벌레들이 있다. 그들은 아무도 당하지 못한다.

실제로 메이저리그에서 최초로 너클볼을 던진 필 니크로는 너클볼을 완성하는 데 10년이나 걸렸다. 그가 풀타임 메이저리거가 된 나이는 28세였다. 그는 노력하고 또 노력했다. 심지어 그는 포심 패스트볼도, 커브도 던지지 않고 오직 너클볼만으로 318승을 거두었다. 한 번도 전력으로 던져 본 적이 없다고 했음에도 그런 성적을 거두었다. 48세에도 메이저리그에서 공을 던졌으니 그가 얼마나 대단한 투수인지 알 수 있다.

이런 면에서 이상영이 삼열에게 전력투구하지 말라고 한 것은 상당히 일리가 있는 말이었다. 공을 전력으로 던지면 몸에 무리가 오는 것은 당연한 일이다.

그래서 사이 영은 대단한 강속구가 있음에도 삼진으로 잡는 것보다는 맞추어 잡는 투구를 선호했다. 그래서 그는 511승이라는 전무후무한 성적을 거둘 수 있었던 것이다.

마리아노 리베라의 커터가 대단하기는 하지만 전력투구를 해야 하는 마무리로서는 1이닝 이상 던지면 문제가 발생한다. 실제로 그와 달리 2이닝 이상의 마무리 투수들은 일찍 선수 생활을 마감했다.

투수의 팔은 심장과 달리 쓰면 쓸수록 고장이 날 확률이 높으니 전력투구를 하는 것은 어리석은 일이다. 특히나 프로들은 FA 자격을 취득하는 해 전에는 무리를 해서라도 승수를 쌓으려고 한다. 엄청난 돈이 걸려 있으니 어쩔 수 없는 일이기도 하다.

박찬호도 다저스에 있을 때 그런 이유로 허리 부상이 있음에도 던졌다. 그래서 그해 18승을 거두었지만 무리해서 얻은 그 승리가 그를 갉아먹었다. 투수의 팔은 소모품이다.

조심스럽게 사용하지 않으면 언제 고장 날지 모르는 약한 부품이다.

스콧제임스는 삼열에게 꾸준히 어깨 강화 훈련을 하고 전력투구를 하지 말라고 조언했다. 다만 구속을 뽑아내기 위해서 훈련 중에는 해도 되지만 시합 중에는 절대 하지 말라고 이야기했다.

훈련 중의 전력투구와 시합에서의 그것은 엄청난 차이가 있다. 긴장한 상태에서의 전력투구는 선수의 어깨에 엄청난 무리를 준다. 이는 스트레스를 받은 상태에서 몸을 학대하는 것이나 마찬가지여서 절대로 해서는 안 된다.

스콧제임스의 설명을 듣고서야 삼열은 자신이 잘못하고 있다는 것을 깨달았다.

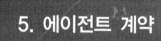

5. 에이전트 계약

삼열은 집에 가서도 러닝을 하고 계속 커터를 던지는 연습을 했다. 생각할수록 기분이 좋아졌다. 수십 번을 던지고서야 자신의 커터가 제대로 된 것이 아닌 것을 깨달았다.

"메이저리그에서 뛰려면 절대 국내 프로 구단과 계약을 맺어서는 안 됩니다."

헤어지면서 스콧제임스가 해준 말은 그 한마디였다. 계약을 하자는 말도, 계약 조건도 듣지 못했다. 단지 왜 슬라이더를 던졌느냐 묻고는 커터를 던지지 못하는 것을 알고 가르쳐 줘서 배웠을 뿐이다.

삼열도 이런 기회가 흔하지 않다는 것을 알고 있다. 커터는 아마추어 야구를 하는 한 국내에서는 배울 수 없는 공임에 틀림없었다. 미국에서 커터가 유행하게 된 계기도 마리아노 리베라 때문이었다. 커터는 굉장히 역사가 짧은 구종 중 하나이다.

삼열은 공을 만지작거리며 기분 좋게 웃었다.

"하아~ 어떻게 한다?"

그는 나지막하게 중얼거렸다. 메이저리그를 목표로 하고 있기는 했지만 막상 스카우터가 오자 마음이 심란해졌다.

너무나 가까이 다가온 기회가 이제는 오히려 부담스러웠다. 하지만 도전을 두려워해서는 안 된다는 것 정도는 너무나 잘 알고 있다. 삼열은 냉장고에서 물을 꺼내 마시며 인생을 생각했다.

죽음보다 더 두려웠던 질병, 몸이 말라가는 이 병은 치료약조차 없었다. 한다는 것이 고작 병의 진행을 늦추는 것뿐이었다. 위대한 양키스의 4번 타자 루 게릭도 이 병에 걸렸었다. 병명은 근위축성측상경화증(ALS)으로, 그의 이름을 따 루게릭병으로 불리는 병을 삼열은 지금도 앓고 있는 것이다.

천재에게는 남들이 모르는 아픈 가시가 있다. 그 가시 때문에 그는 노력을 멈출 수 없었다. 키가 작은 것처럼 사소한 콤플렉스가 나폴레옹에게는 '아픈 가시'가 될 수도 있고, 삼열에게는 그 가시가 질병이 될 수도 있다.

삼열은 무너지듯 잠이 들었다. 자면서도 꿈속에서 컷 패스트볼을 던지고 또 던졌다. 이제는 알 것 같았다. 어떻게 해야 야구를 잘할 수 있고 행복하게 될지 알 수 있을 것 같아 꿈을 꾸면서도 행복했다.

잠에서 깬 삼열은 가슴 가득 스며드는 새로운 희망에 가슴 벅찼다. 창문을 열자 따스한 아침 공기가 방 안으로 몰려들었다. 17평의 작은 아파트가 도시의 소음에 깨어났다. 사람들이 일어나는 소리, 욕실의 물 내려가는 소리와 드라이기 사용하는 소리, 그리고 TV 뉴스 소리까지 열려진 문으로 간간이 들려왔다.

삼열은 아파트 밑을 바라보았다. 차들이 빠져나가는 모습과 사람들이 빠르게 지나가는 모습이 보인다. 아마도 출근하는 길일 것이다. 가끔 삼열은 저 아래로 뛰어내리면 슈퍼맨처럼 날 수 있으면 어떨까 하는 망상을 하곤 했다. 그게 안 된다면 스파이더맨이라도 되었으면 얼마나 좋을까 하는 그런 쓸데없는 생각들 말이다.

*　　　*　　　*

스콧제임스는 어제 삼열을 만나 충격을 받았다. 자신의 장비로 측정한 156㎞/h는 마무리 투수 빌리 와그너에 육박하는 엄청난 공이었다. 선발 투수에서는 A.J. 버넷의 최고 구속이 154㎞/h인 것을 감안하면 굉장한 투수가 될 수 있을 것이라는 생각을 했다. 그런 투수에게 커터를 가르쳐 준다는 것은 영광스러운 일이었다.

그는 호텔에서 아침을 먹고 렌트한 차로 대광고를 가보았다. 갈 데가 마땅히 없어 드라이브 겸 간 것이었는데, 운동장에서 미친 듯이 달리고 있는 삼열을 보게 되었다.

'하아, 저렇게 달리니 그런 주루 플레이가 가능했겠지. 굉장한 선수가 될 수 있을 것 같군. 머리도 영특하고 훈련을 저리도 열심히 한다면 말이지.'

그는 말없이 차에 앉아 운동장을 바라보았다. 그런데 왠지 모를 위화감이 느껴졌다.

'뭐지?'

그러고 보니 아무도 없는 운동장에서 그 혼자만 연습을 하고 있다.

'허어, 이건 뭐지?'

그러고 보니 이상했다. 연습을 하는 야구부원이 주위에 하나도 없었다. 나대로 감독의 이야기에 의하면 요즘은 주말 리그가 생겨서 예전처럼 야구부원이 오전 수업만 하고 오후에 훈련하는 것은 힘들다고 푸념했다. 그는 차 안에서 삼열이 운동장을 뛰는 것을 음악을 들으며 지켜보았다. 시간이 지나면서 그의 눈은 거의 경악으로 변했다.

삼열이 거의 두 시간 동안이나 최고의 속도로 운동장을 돈 것이다. 그리고 러닝이 끝나자 잠시 숨을 헐떡이며 호흡을 고르곤 다시 투구 연습을 하는 것이 아닌가.

"오 마이 갓! 믿을 수 없어! 있을 수 없는 일이야!"

그는 차 안에서 자신도 모르게 부르짖었다. 어떻게 어린 학생이 두 시간 동안 전력 질주를 할 수가 있다는 말인가. 그가 운동장을 돈 속도는 과장을 좀 하면 마라토너가 뛰는 속도와 거의 맞먹을 정도였다.

"하아, 반드시 꼭 잡아야 할 이유가 생겼군. 마치 데드볼 시대의 투수들을 보는 것 같아."

그는 어이가 없어 다시 중얼거렸다.

데드볼 시대란 야구공에 반발력이 없는 시대를 말한다. 그리고 실제로 안타를 치고 나간 선수의 몸을 공으로 맞춰도 아웃이 되는 시대였다. 그런데 데드볼 시대의 투수들은 하나같이 괴물이었다. 그때에는 20승은 기본이고 30승을 하는 선수도 적지 않았다.

공이 반발력이 없어서 장타를 맞을 확률이 상대적으로 낮으니 그럴 수 있다고 쳐도 그들의 완투 능력은 상상을 초월했다. 사이 영은 메이저리그 22시즌 동안 무려 7,356이닝에 815경기에 선발로 나가 749경기를 완투했다. 위대한 투수로 일컬어지는 월터 존슨의 경우도 21시즌을 메이저 리그에서 뛰면서 5,914이닝에 531경기를 완투했다.

이들과 달리 21시즌을 뛴 랜디 존슨이 4,135이닝에 100경기에서 완투한 것을 비교한다면 경이적이라고 할 수 있다. 사실 랜디 존슨의 100경기 완투도 현대에 들어서는 경이로운 것이다.

"와우, 마치 사이 영이나 월터 존슨이 살아 돌아온 것 같은 체력을 가졌군. 아니, 그들을 능가하겠어."

그들이라 하더라도 두 시간 동안 엄청난 속도로 뛰다가 잠시 쉬고 나서 다시 투구 훈련은 절대 하지 못할 것이다.

"적어도 베이브 루스나 지미 팍스 같은 천재가 아니어서 다행이군."

그가 언급한 이들은 선천적으로 신체 능력이 워낙 뛰어나 따로 연습할 필요가 없을 정도의 선수들이었다. 그러나 베이브 루스는 폭식과 폭주로, 지미 팍스는 음주로 자기 관리를 망친 야구 천재들이다.

어느 영역에나 천재는 있기 마련이다. 하지만 그들이 항상 성공하는 것은 아니다. 오히려 적당한 재능에 엄청난 노력을 하는 사람들이 더 성공하며 그러한 성공을 오래 유지한다.

스콧제임스는 삼열의 모습을 지켜보다가 차를 몰았다. 차가 어디로 향해 가는지도 모르고 그냥 갔다. 충격적이었다. 인간의 몸이라고는 믿어지지 않을 정도의 스태미나를 가진 삼열을 보니 정신을 차리기가 쉽지 않았다.

타자로 나서서 상대 팀을 대상으로 도루에, 홈스틸에 가까운 러닝이 왜 그렇게 쉽게 되었는지 이제야 알 수 있었다. 21세기에 이렇게 우직하게 운동하는 사람이 있을 줄은 생각지도 못했다.

차를 몰고 가다 보니 올림픽도로가 나왔다. 흐르는 강물을 보고 한강공원으로 빠져 차를 주차하였다.

나대로 감독의 말을 듣고 일정을 조정해서 급히 한국에 들어왔다. 그리고 소년이 홀로 슬라이더를 배우는 것이 안타까워 커터를 가르쳐 주었다. 분명 슬라이더도 좋은 구종이지만 강속구를 가진 그에게는 커터가 훨씬 효과적이다. 커터는 리베라처럼 좌타자에게 백드롭 커터를 던지지 않는다고 하더라도 최고의 공임에는 틀림없었다.

분명 이상한 학생이었다. 교장도 그를 중요시 여기는 것 같았고, 아무도 없는 운동장에서 혼자 훈련하는 것을 보니 너무나 이상했다. 삼열을 스카우트하겠다고 하는 데도 교장이 그다지 환영하는 얼굴이 아닌 것도 이상했다. 다른 곳도 아닌 메이저리그인데 말이다. 뭔가가 있었다.

'그게 뭘까?'

스콧제임스는 수심이 깊고 넓은 강물이 흘러가는 모습을 보며 생각에 잠겼다. 이번 일은 생각보다 큰 건이다. 물론 메이저리그에는 삼열보다 빠른 투수가 적지 않다. 하지만 삼열처럼 어리지가 않았다. 잘만 다듬으면 그 어떤 다이아몬드보다 아름답게 빛날 것은 의심할 여지가 없다.

"휴우, 너무 뛰어나도 문제군."

스콧제임스는 망연히 흘러가는 물을 바라보다가 차에 다시 탔다. 내비게이션을 켜자 어제 입력해 놓은 주소가 남아 있어서 돌아가는 것은 어렵지 않았다.

학교 근처의 레스토랑에서 식사하고 다시 대광고로 왔다. 점심시간이 조금 지나자 야구부원들이 하나둘 나왔다. 삼열이 운동장을 돌며 가볍게 뛰자 학생들도 따라붙었다. 누가 뭐라 하지 않았음에도 나오는 순서대로 운동장을 뛰기 시작한 것이다. 그리고 학생들은 러닝이 끝나자 잠시 쉬다가 자율 훈련을 하기 시작했다.

삼열은 공을 던졌다. 꿈속에서 던진 공이 현실에서는 잘되지 않았다. 그러나 그는 원래 자신이 몸치라는 것을 잘 알고 있기에 실망하지 않고 열정을 불태웠다.

스콧제임스는 이 놀라운 소년에게 반하고 말았다. 이렇게 목숨을 걸고 연습하는 선수는 처음 보았다. 그는 이 소년에게 가능한 최대한 도움을 주고 싶어졌다.

그는 운동장에서 운동하고 있는 삼열에게 다가가 인사를 건넸다.

"반갑습니다."

"아, 스콧제임스 씨, 안녕하세요?"

"아침에 지나가다 보니 운동하고 있던데 항상 오늘처럼 운동하나요?"

"아뇨. 올해부터는 운동장을 달리는 것은 의미가 없어 하지 않았어요. 오랜만에 하니 좀 힘들더군요."

삼열의 말에 스콧제임스는 더 놀랐다. 오랜만에 했다면 몸에 무리가 많이 갔을 터인데도 별로 힘들어하는 것 같아 보이지 않았다. 체력 하나만은 믿을 수 없을 만큼 굉장했다. 보통의 사람들은 삼열이 뛰는 속도로 5분만 달려도 지쳐 버릴 것이다. 그런데 그는 무려 두 시간 가까이 뛰었다.

'특수 체력인지 아니면 외계인인지 알 수가 없군.'

삼열에게 미소를 지어 보이면서도 스콧제임스의 머릿속은 혼돈 그 자체였다.

"자, 이제부터 다시 해봅시다."

"아, 네."

삼열은 대답을 하고 투구 연습을 하기 시작했다. 어제와 달라진 바가 없어 특별히 지적할 점이 없었다. 스콧제임스가 보기에는 머리로는 충분히 이해했지만 몸이 그만큼 따라가 주지 못하는 것 같았다.

그제야 그는 삼열이 야구 천재가 아니라 운동에는 그다지 큰 재능이 없음을 깨달았다. 다만 엄청난 훈련으로 그 부족한 것을 메우는 것이었다. 그렇다 하더라도 문제될 것은 없었다. 이미 공의 구속이 156㎞/h까지 나오는 포심 패스트볼을 가지고 있으니 메이저리그 입성은 문제가 없다. 물론 제구가 된다는 가정하에서이다.

스콧제임스는 삼열이 공을 던지는 모습을 지켜보며 자동차에서 캠코더를 가져와 녹화를 하기 시작했다. 카메라가 한 대라 여러 번 나눠서 찍었다. 투구 동작과 공의 궤적을 찍고 다시 이 모든 동작이 나오도록 찍었다. 선수들은 연습을 하다가 삼열이 투구하는 모습을 구경하기 시작했다.

"뭐야?"

"어, 어제 들었는데 스카우터래."

"와우, 그럼 삼열이 형 프로에 가는 거야?"

스콧제임스가 한국인이라 그가 메이저리그에서 왔는지 학생들은 알지 못했다. 유승대 감독이 선수들에게 영향을 줄까봐 말을 하지 않은 탓이다. 그러나 이렇게 대놓고 고급 장비를 가지고 삼열의 투구 모습을 촬영하니 학생들이 모를 수가 없었다.

스콧제임스는 몰려든 학생들로 난처해졌지만 달리 방법이 없었다. 우선 그에게는 시간이 별로 없었다. 바쁜 스케줄을 고려할 때 지금 일주일의 출장도 무리해서 잡은 것이다.

투수가 던진 공이 날아가는 시간은 0.4초밖에 되지 않는다. 이렇게 짧은 시간에 던져진 공의 궤적을 인간의 시각으로 정확히 쫓는 것은 사실상 불가능한 일이다. 투구할 때에 잘못된 점을 잡아내는 데는 역시 연습 장면을 촬영해서 분석하는 것이 가장 빨랐다. 육안으로 보기에는 삼열의 투구폼이 군더더기 하나 없는 깔끔한 모습이었지만 촬영을 하면 또 다른 결론이 나올 수도 있는 일이다.

스콧제임스는 오후 내내 삼열이 커터를 던지는 것을 구경하였다. 그리고 몇 가지 사소한 지적을 하고 호텔로 돌아와 촬영한 영상을 보기 좋게 편집해서 분석하기로 했다.

"휴우, 굉장하군."

삼열의 투구폼을 자세히 단락별로 끊어서 보아도 특별히 지적할 만한 점이 없었다. 그만큼 투구 자세 하나는 정말 잘되어 있었다. 그동안 삼열이 죽어라고 투구폼을 위해 노력한 결과물이다.

"흠."

그는 공의 궤적을 보고 육안으로 본 것과 달리 공의 회전이

상당하고 무브먼트가 좋은 것을 깨달았다. 릴리스 포인트가 조금 문제가 되었고 역시 아직까지 중지의 악력으로 공을 조절하는 것이 서툴렀다. 그 외에는 흠잡을 곳이 없었다. 투구 폼 하나만큼은 그야말로 명품 중의 명품이고 귀족 중의 귀족이었다.

"이제 계약 이야기를 꺼내야겠지?"

스콧제임스는 계약 이야기에서 망설였다. 지금은 그가 커터를 가르쳐 주고 있는데 그것이 오히려 그에게 압박으로 느껴질 수 있는 상황이라 조심스러웠다. 게다가 상대방은 아직 어린 학생이라 더욱 그러했다.

강요는 하지 않을 생각이나 놓치고 싶지 않은 선수였다. 한국인 메이저리거가 또 한 명 나온다는 것도 의미가 있지만 삼열은 정말 가능성이 매우 높았다. 메이저리그에서 성공할 가능성뿐 아니라 슈퍼스타가 될 가능성 말이다.

다음 날 스콧제임스는 삼열과 같이 비디오를 분석하며 그의 잘못된 동작을 지적해 줬다. 어차피 오늘 지적해 준다고 해도 바로 고칠 수 있는 것은 아니다. 시간이 없었다. 지금까지 지켜본 바로 이런 사소한 동작 하나 수정하는 데 며칠이 걸린다는 것을 알고 있다. 아마도 그는 무수히 많은 연습을 통해 수정할 것이다.

목요일에 스콧제임스는 마지막 영상을 찍었다. 그리고 그날 편집하여 다음 날 삼열과 영상을 같이 분석했다. 확실히 전에 지적한 부분이 많이 개선되어 있었다.

동영상을 삼열에게 선물로 주고 나서 스콧제임스는 조심스럽게 계약 이야기를 꺼냈다. 삼열은 그의 이야기를 듣고 두말 없이 계약을 하겠다고 선뜻 대답하였다. 너무나 순순하게 대답해서 조금 놀라기까지 했다.

"다만 저는 이런 일은 잘 모릅니다. 그리고 계약을 잘못해서 시간만 날린 선수를 많이 봐서 계약 기간만 조정했으면 합니다."

"아, 물론입니다."

순진한 학생으로 보았는데 전혀 그렇지가 않았다. 초기에는 아는 사람이 없으니 쉽게 사인을 하지만 그다음부터는 여기저기 알아보고 한다는 말이다. 그것은 어쩔 수 없는 일이다. 대부분의 선수들이 그렇게 했다.

"그러면 계약 기간을 3년으로 잡고 1년간 독점권을 저희 샘슨사가 갖도록 하겠습니다. 그러면 삼열 씨가 시간을 낭비한다고 해도 1년밖에 되지 않을 것입니다. 그리고 3년 후 재계약 시에 협상 우선권을 저희 회사가 갖는 것을 원칙으로 합니다."

특별한 조항은 아니고 메이저리그의 선수들에 대해 구단이 갖는 조항과 비슷하다. 그래야 회사도 준비를 할 수 있다. 알

다시피 미국은 소송 제도가 발달해 있어 고객에게 일방적으로 불리한 조항을 넣으면 바로 고소가 들어온다. 그러니 특별한 사항을 제외하고 계약 조건은 비슷비슷할 수밖에 없다.

"오히려 우리 에이전트의 선수 관리 문제가 더 중요한 거죠. 선수의 경기를 분석해 준다든지 신문사나 방송국의 인터뷰나 CF 광고와 같은 것으로 얼마나 고객을 만족시키느냐, 이런 사후 서비스의 문제로 에이전트를 바꿉니다."

"그렇군요."

"솔직히 말해 강삼열 씨의 구위라면 메이저리그에서도 바로 통할 정도입니다만, 메이저리그로 직행하는 것은 별로 권장하고 싶지 않습니다."

"네? 왜요?"

"삼열 씨는 처음부터 마이너리그에서 미국식 야구에 적응해서 메이저리그로 올라오는 것이 좋습니다. 어차피 메이저리그로 직행해도 선수는 마이너리그의 경기를 한 번은 거치게 됩니다. 부상을 당하면 마이너리그로 내려가 경기 감각을 익히고 올라오는데, 신인 때 경험하는 것이 낫습니다. 아래서부터 차근차근 계단을 밟아 오는 것이 선수로서 성장하는 데에도 유리하고요. 다만 마이너에 있는 기간을 줄일 필요는 있습니다."

스콧제임스의 말을 듣고 삼열은 고개를 끄덕였다. 계약 기간 3년이라고 해봐야 마이너리그에서 뛰는 것을 고려하면 문제가 없어 보였다.

삼열은 다음 날 스콧제임스가 준 계약서를 보고 두말없이 도장을 찍었다.

*　　　　*　　　　*

신선한 바람이 불고 있다. 공원의 나무들이 짙은 녹색을 띠면서 무성한 잎을 바람 앞에 자랑하고 있다. 삼열은 스콧제임스와 계약을 한 후에 주말에 수화와 손을 잡고 데이트를 하러 나왔다.

손을 잡고 걸으니 주위의 사람들이 모두 두 사람을 바라보았다. 수화의 미모가 그만큼 대단하기는 했다. 그녀의 아름다움도 특별하기는 하였지만 사실 큰 키로 인해 사람들의 주목을 더 받는 부분도 있었다. 늘씬한 키에 호수처럼 맑고 큰 눈, 오뚝한 코, 조금은 큰 듯한 입, 웃으면 주변이 환해질 정도로 매력적인 미소 등이 사람들의 시선을 사로잡았다.

도로변에 있는 공원이라 크기는 작았고, 반면에 사람은 많았다. 사람들은 계단과 의자에 앉아서 이야기를 나누며 주말의 한가함을 즐기고 있었다.

그런데 중학생으로 보이는 어린 소녀들과 할아버지들까지

성별도 나이도 다른 사람들이 모여서 한곳을 바라보고 있다.

자전거를 탄 아주머니가 한쪽 발을 땅에 비스듬하게 디디고 크게 화를 내며 소리를 지르고 있는데 그 대상이 모호했다. 처음에는 미친 아주머니인가 했는데 그렇지는 않았다. 벤치에 앉아 있는 두 명의 아주머니와 이야기를 하면서도 연신 욕 비슷한 알아듣기 힘든 말을 뒤돌아보며 했다.

"어머, 뭐지?"

수화가 그 희한한 광경에 관심을 가졌다. 그때 보드를 타는 남자가 자전거 옆을 지나가자 또다시 여자가 화를 내며 손가락질까지 했다.

남자는 보드를 타면서 기술을 익히고 있었는데 이전에 아마도 자전거를 탄 여자와 좋지 않은 일이 있던 모양이다. 남자는 여자가 뭐라 해도 아무 말도 하지 않고 묵묵히 보드를 타고 주변을 돌아다니며 기술을 익히고 있다. 수염이 약간 나긴 했지만 잘생긴 남자였다.

대충 무슨 일인지 감이 잡혔는지 수화가 아주머니에게 관심을 끊었다.

"와, 좋다. 그치?"

"네, 좋네요. 날씨도 좋고 바람도 좋고."

수화가 팔짱을 끼고 삼열의 어깨에 기대었다. 바람이 너풀거리며 공원으로 불어온다. 불어오는 바람 때문에 거리는 시원하였고 공원에 모인 사람들도 즐거워 보였다.

한 아주머니가 아기를 땅에 내려놓자 아장아장 걷는다. 아이의 이모로 보이는 젊은 여자가 아기를 따라다니며 돌보자 아이의 엄마는 허리를 펴고 쉬었다.

"어머, 아기가 예쁘네."

서너 살 정도로 보이는 남자아이다. 아기는 동그랗게 눈을 뜨고 주변을 살피고 있다. 아기의 옆으로 3미터가량 떨어져 있는 세 명의 소녀도 아기를 보며 웃었다.

"정말 좋다. 그치?"

"네, 좋아요."

"풉!"

수화가 웃음을 터뜨렸다.

"왜요?"

수화가 손가락으로 조형물을 가리켰다. 거기에는 검은색 스프레이로 '조까'라고 크게 쓰여 있다.

다른 조형물에는 이름과 핸드폰 번호가 적혀 있다. 한국 사람들은 장난하는 것을 좋아하는데 공중도덕의 개념이 없는 사람들이 간혹 있다. 그래서 공원과 산이 지저분해진다.

"우리 저녁 먹자."

"그래요."

삼열과 수화는 공원에서 멀지 않은 먹자골목으로 가서 닭갈비를 시켰다. 닭갈비가 엄청나게 매워서 삼열과 수화는 옅은 간장 소스에 씻어서 먹었다. 그렇게 하니 그나마 먹을 만했다. 무슨 생각으로 이렇게 매운 음식을 파는지 모르겠다.

물론 매운 음식이 사람의 기분을 전환시켜 주는 데에는 무척이나 좋지만 속이 얼얼한 정도로 매운 닭갈비였디. 된장찌개에 밥 두 공기를 시켜 닭갈비와 같이 먹었다. 요즘은 상추가 싼데도 야채 바구니에는 상추가 넉 장, 깻잎은 두 장밖에 담겨 있지 않았다. 어쩐지 닭갈비가 조금 저렴해 보이더니 이런 식으로 영업하는 모양이다.

삼열은 닭갈비를 먹고 나서 삼겹살을 추가로 시켜 먹었다. 결국 닭갈비는 2인분에 삼겹살을 3인분을 먹고 식당을 나왔다.

"다음에는 더 좋은 데 가자."

"그래요."

수화는 방금 먹은 음식점이 마음에 들지 않았던 모양이다. 삼열이 생각해도 조금 아쉬웠다.

"커피 마시자."

"네."

"쳇, 너는 '네'밖에 할 대답이 없어?"

삼열이 데이트에 소극적인 것이 불만인지 수화는 입술을 삐죽이 내밀었다. 그 모습이 귀엽고 사랑스러워 삼열은 자기도 모르게 고개를 숙여 입을 맞추었다.

"캭!"

수화가 비명을 지르자 주변 사람들이 모두 쳐다보았다. 그렇지 않아도 눈에 띄는 수화인데 비명까지 지르니 사람들이 무슨 일인가 하고 유심히 쳐다보았다.

"아니, 왜 비명을 지르고 난리예요?"

"사람 많은 데서 갑자기 그러면 어떻게 해."

사람들은 젊은 커플이 아웅다웅하자 그제야 아무 일도 아닌 것을 알아채고는 다시 가던 길을 갔다.

"뭐야? 이렇게 사람 많은 곳에서."

수화가 책망하듯 한소리 하자 삼열은 딴청을 피웠다. 유명 카페는 사람이 많아 자리가 없어 조용한 커피숍을 찾으려고 걷고 또 걸었다.

"저기로 갈까?"

길 건너편에 커피숍이 보인다.

"어디로 가지?"

수화는 횡단보도를 찾았지만 보이지 않자 난처한 표정을 지었다. 그런 수화의 손을 잡고 삼열은 무단횡단을 했다.

삼열이 아메리카노와 녹차 라떼를 시키고 만 원을 내니 5,500원을 준다. 영수증을 보니 두 개에 4,500원이었다. 엄청 쌌다. 처음에는 8,500원으로 들었는데 4,500원이었나 보다. 커피숍은 작았지만 조용하고 아늑했다. 은은한 조명 아래에서 수화를 바라보니 그 아름다운 미모에 감탄이 저절로 나왔다.

"자기야, 뭐 해?"

어느 틈엔가 화장실을 다녀온 수화가 상냥하게 물었다. 화장을 새로 했는지 얼굴의 선이 아까보다 조금 더 선명해 보인다. 화장을 고치느라 늦은 것이다.

"아니에요. 이곳 좋죠? 커피 가격도 싸고 조용하고 아늑하기도 하고요. 다른 곳은 시끄럽고 비싸기만 한데. 요즘은 커피 맛도 다 거기서 거기잖아요."

"맞아. 그냥 어쩔 수 없이 갈 데가 없어서 가는 거지. 싼 데 있으면 그곳으로 갈 텐데. 우리 아파트 주변에도 이렇게 좋은 커피숍이 있으면 좋겠다."

수화가 삼열의 말에 행복한 듯 달콤한 어조로 답했다.

두 사람은 조금 더 둘만의 시간을 만끽한 뒤 커피숍을 나와 지하철을 탔다. 늦은 시간이라 손을 잡고 자리에 앉았는데 할머니가 빵을 팔고 있다. 아주 나이가 많아 보이는 게 불쌍해 삼열은 한 개에 천 원 하는 빵을 하나 사고 삼천 원을 드렸다.

저녁이고 배가 불러서 빵을 먹을 수 있을 것 같지는 않지만 할아버지가 중풍에 걸리셨다고 말씀하시는 할머니의 울 듯한 얼굴을 보고 사지 않을 수 없었다. 지하철의 행상들 중에 가짜가 많다는 말도 있지만 할머니가 빵을 파는 모습이 안타깝기도 하고 존경스러워서 샀다. 주름진 얼굴로 제대로 서 있기도 힘들어하는 할머니를 보니 마음이 짠했다. 삼열 외에도 몇몇 남자가 할머니의 빵을 샀다.

피곤하면서도 즐거운 하루였다. 오늘은 정말 많이 돌아다녀 힘들어하는 수화를 집까지 데려다주고 삼열은 아파트로 돌아왔다. 늦은 시간이라 러닝을 하는 것은 포기하고 손가락 훈련을 시작했다.

완력기를 중지만으로 했다. 처음에는 몇 개 하지 못했지만 시간이 지날수록 중지의 힘이 조금씩 강해져 갔다. 삼열이 신체를 극한까지 몰아붙이면 신성석의 효능으로 다음 날 치유되어 나날이 손가락의 악력이 강해지고 있었다.

*　　　　*　　　　*

고교야구의 주말 리그는 송치호의 활약으로 3 : 0으로 승리하여 대광고는 전반기 주말 리그를 5승 1패의 뛰어난 실력으로 끝마쳤다. 그리고 황금사자기 왕중왕전에 참가하게 되었다.

대회까지는 20일 정도 시간적 여유가 있지만 처음 출전하는 대광고는 대회를 준비하느라 하루하루 바쁘게 움직였다.

무엇보다 상대하게 될 학교의 전력을 분석하는 것이 최우선이었고, 다음으로는 그들을 상대할 훈련을 했다.

삼열은 대회가 눈앞에 다가와서 정신없이 훈련하다가 미국으로 돌아간 스콧제임스가 보내온 메이저리그에 대한 자료를 보다 자신이 수화와 상의도 하지 않고 계약서에 사인한 것이 생각났다

"망했다."

삼열은 수화의 성격을 생각하고는 부르르 몸을 떨었다. 이 문제를 어떻게 수화에게 설명해야 할지 엄두가 나지 않았다.

'아, 상의하는 척이라도 했었어야 했는데.'

삼열은 방 안을 돌아다니며 끙끙 앓는 소리를 냈다. 수화도 자신의 꿈이 메이저리그라는 것을 알고 있다. 하지만 삼열이 수화에게 말했을 당시에는 이루어질 가능성이 없어 보였을 테니 수화가 제대로 귀 기울여 듣지 않았을 것이다.

삼열은 수화의 성격이 화통하면서도 은근히 뒤끝이 있다는 것을 너무나 잘 알고 있기에 고민을 해도 해결책이 생각나지 않았다.

'이걸 어떻게 하지?'

생각할수록 한숨만 나왔다. 계약서에 사인할 때에는 아무 생각도 나지 않았다. 지금이 아니면 다시는 기회가 없을지도 몰라 계약 기간만 챙겼지 정작 가장 중요한 애인의 생각을 묻

지 않은 것이다.

"젠장, 할 수 없지. 배 째라고 해야지. 이미 벌어진 일인데 어쩌겠어."

삼열은 아무리 고민을 해도 수화를 설득시킬 묘책이 생각나지 않자 그냥 포기해 버리고 자수하기로 했다. 그게 적어도 사랑하는 사람에 대한 예의라고 생각했다.

삼열은 걱정하면서도 훈련을 멈추지 않았다. 커터를 던지고 또 던졌다. 공이 날아가다 종과 횡으로 꺾였다. 연습을 하면 할수록 공의 제구가 조금씩 잡히기 시작했다. 이번 시합에서는 던지지 못하겠지만 하반기 경기에서는 가능할 것 같았다.

연습을 마치고 집에 도착하니 수화가 기다리고 있다. 오늘따라 그녀는 즐거워 보였다. 저렇게 즐거워하는 마음을 깨고 싶지 않았지만 시간이 지체될수록 문제가 더 꼬일 것이라고 생각하면서 삼열은 수화에게 모두 털어놓고 말았다.

"뭐라고?"

조금 전까지 싱글벙글 웃던 수화의 얼굴에 찬바람이 일고 있다. 그녀는 자신의 귀를 의심하며 다시 물었다. 삼열은 마지못해 다시 말했다.

"어쩌면… 메이저리그 갈지도 몰라요."

"……?"

"정말 미안해요. 일찍 말하려고 했는데 나도 깜박했어요.

정말이에요. 믿어주세요."

거듭되는 삼열의 말에도 수화는 눈만 깜빡이며 정신을 차리지 못하고 있다.

"너, 너… 어떻게……."

수화가 끝내 눈물을 흘렸다. 그녀는 흘러내리는 눈물에 당황한 듯 손으로 얼굴을 감싸곤 고개를 돌렸다.

삼열은 이런 난감한 상황에서 어떻게 해야 문제가 해결될지 알 수 없었다. 그리고 수화가 화를 낼 거라고만 생각했지 울 것이라고는 전혀 상상도 하지 못했다.

수화가 그동안 항상 명랑하고 밝은 모습만 보여주었기에 이렇게 우는 모습이 삼열에게는 굉장히 충격적이었다. 마치 해서는 안 될 짓을 저지른 느낌이 들었다.

남녀 간에 느끼는 정서의 차이라는 것이 있다. 꼭 큰 잘못을 저질러야 상대가 큰 데미지를 받는 것은 아니다. 사소한 것이라도 사랑의 깊이나 믿음의 크기에 따라 큰 충격을 받을 수도 있다.

수화도 당황하기는 마찬가지였다. 그녀는 눈물이 여자의 무기라는 말을 거의 무시하며 살아왔다. 얼굴이 예쁜 그녀는 방긋방긋 웃기만 해도 원하는 것을 얻을 수 있었기에 굳이 울 필요가 없었다.

삼열은 등을 돌리고 있는 수화의 어깨를 살며시 감쌌다.

"정말 미안해요. 이렇게 빨리 꿈을 이룰 수 있을 것이라고는 생각하지 못했어요. 하늘에 떠 있는 별을 내가 만질 수 있을 것이라고는… 늘 생각은 했지만 이렇게 가까이 다가갈 수 있을 것이라고는 단 한 번도 생각하지 않았어요. 단지 그렇게 하고 싶다는 목표만 있었죠. 그리고 아직 완전히 결정된 것은 아니에요. 에이전트 계약만 한 거니까요."

그 말에 수화가 몸을 돌리자 삼열은 어깨에 올려놓은 손의 힘을 살짝 풀었다.

"어떻게 할 거야?"

"갈 수 있다면 가고 싶어요. 같이 가면 되잖아요."

"같이? 하지만 난 학교도 안 마쳤는걸."

"…그렇군요."

삼열은 수화가 어느 정도 마음을 푼 것 같아 안도했지만, 여전히 그녀는 근심 가득한 표정이다.

수화는 감정 끝자락에 상처를 입었다. 이렇게 중요한 일을 상의하지 않고 삼열이 혼자 결정했다는 것이 그녀의 마음을 아프게 했다. 단순히 조금 멀리 이사 가는 것이 아니라 아주 먼 나라로 가는 것이다. 시간대도, 날짜도 다른 곳이다.

삼열은 수화를 안고 따뜻한 체온을 느껴보려고 하였다. 그러나 예전의 그녀가 아니었다. 이렇게 안으면 행복해하고 웃던 그녀이다.

입술에 키스해도 그녀는 마치 나사 하나 빠진 것처럼 어딘가 어색한 공간 속에 홀로 존재하는 듯했다. 말로는 이해한다고 했지만 수화의 표정은 전혀 그렇지가 않았다. 그녀가 그렇게 말한 이유는 단지 삼열과의 관계를 유지하기 위해서였다.

시간이 조금 지나고 이야기를 나눴지만 둘의 관계는 나아가지 못했다. 만나면 서로 껴안고 더듬으며 섹스하기 바쁘던 두 사람이지만 오늘만큼은 그런 생각조차 하지 않았다.

수화가 돌아가고 덩그러니 빈방에 혼자 남은 삼열은 머리를 감싸 안았다.

사랑과 꿈 둘 다 중요했다. 모든 사람의 무시와 질투를 받던 시절, 몸은 병으로 죽어가고 있고 마음은 친척의 배반으로 썩어가고 있을 때 손을 내밀어준 유일한 사람이 그녀이다. 그녀가 지금처럼 예쁘지 않고 곰보였더라도 사랑했을 것이다. 그의 차갑고 서늘한 마음의 빈틈을 비집고 들어온 사람이 수화이다.

하지만 지금 그녀는 삼열의 꿈 때문에 상처를 입고 돌아갔다. 아직 둘 사이에는 장래에 대해 심각하게 이야기를 나눌 정도로 여유가 없었다. 둘 다 어려서이기도 하였지만 결정적으로 삼열이 고등학생이기 때문이다.

꿈.

야구는 절망의 나날 속에서 유일하게 그가 살아 있다는 것을 느끼게 해주었다. 남들의 비웃음 속에서도 살아가게 해준 유일한 희망이었다.

문제는 국내 야구는 눈에 들어오지 않는다는 것이다. 미카엘을 만나지 않았다면, 아니, 육체가 개조되지 않았다면 몰라도 그는 꼭 메이저리그에서 뛰고 싶었다. 그것은 삼열뿐만 아니라 야구를 하는 모든 이의 꿈이다.

"이제 어떻게 하지?"

사랑을 잃을 수도, 야구를 포기할 수도 없다. 삼열은 운동을 해야 한다는 것도 잊고 침대에 누워 머리카락을 쥐어뜯었다. 그러다가 잠이 들었다.

수화는 집으로 오면서 마음이 뒤숭숭했다. 뭐가 뭔지 알 수 없었다. 무엇보다도 자신이 이렇게나 삼열을 사랑하고 있었는지도 미처 몰랐다.

섹스도 좋았고 거리를 걸으며 데이트하는 것도 좋았다. 애인이 어리기 때문에 차가 없어 많이 걸은 다음 날이면 다리가 퉁퉁 부어도 그에게 아무 말도 하지 않았다. 그렇게 그가 좋았다.

오늘은 기분이 좋아 그와 다정한 시간을 보내려고 갔는데 의외의 말을 들었고, 그 좋던 기분이 한순간에 완전히 사라지고 말았다. 마음 한가운데 차가운 바람이 쌩쌩 불었다.

단지 에이전트 계약이라는 말이 머리로는 이해가 되었지만 가슴으로는 아니었다. 이번 일은 삼열과 헤어질 수도 있는 심각한 이야기였다.

수화는 집으로 돌아와 밤을 새우며 생각해 봐도 뚜렷하게 결론을 내릴 수가 없었다. 아직은 미국에 간다고 결론이 난 것은 아니지만 그렇다고 안 간다는 것도 아니었다. 차라리 결론이 났으면 마음을 정하기가 한결 수월했을 텐데.

"쳇, 나쁜 놈."

수화가 입술을 깨물었다.

'이참에 헤어져?'

수화는 이런 생각만으로도 몸이 부르르 떨려와 고개를 흔들었다. 자신이 그와 헤어지는 것을 감당하지 못할 것이라는 것은 너무나 잘 알고 있다.

"나쁜 놈!"

"누가 말이니?"

언제 들어왔는지 장미화가 수화를 노려보고 있다. 딸은 집에 들어오면서부터 뭔가 이상했다.

나갈 때는 정신 나간 것처럼 히죽히죽 웃더니 돌아와서는 미친년이 비오는 날 중얼거리듯 알아들을 수 없는 말을 계속해 댔다. 그런데 이제야 그 이유를 알았다. 남자와 싸운 것이다. 그게 아니라면 이해가 안 되는 행동이다.

"엄마, 왜 노크도 안 하고 들어와?"

"딸년이 정신 나가서 중얼거리는데 너 같으면 노크하고 싶겠니?"

"그래도… 그건 기본적인 예의 문제야."

"예의? 김밥 옆구리 터지는 소리 하고 있네. 야, 이년아. 딸년이 애인에게 차여서 왔는데 예의가 문제니? 그놈 어디 있어? 내가 그냥 두지 않을 거야."

"왜 남의 애정 전선에 끼어들려고 해? 그러지 마."

"할 거야?"

"뭘 하는데?"

"뭐든."

"누군지나 알아?"

"……."

수화의 표정이 평상시대로 돌아오자 장미화는 안도하며 딸의 이마를 한 대 쥐어박곤 방을 나갔다.

그녀는 스물한 살의 딸 사랑놀이에 끼어들 생각은 조금도 없었다. 앞으로 얼마나 더 많은 사랑을 하게 될지 모르는데 그때마다 나서서 간섭할 생각은 애초부터 없었다.

그녀 역시 많은 남자를 만났고, 애절한 사랑을 하기도 했다. 하지만 영원할 것 같은 사랑도 시간이 지나면 퇴색해 버리고 때로는 추하게 변질되기도 했다.

　결혼하고 아이를 낳아 키우면서 인생이 생각과는 무척이나 다른 것을 알았다. 오직 저렇게 풋풋한 청춘일 때, 아무것도 책임지지 않아도 되는 그런 시기의 사랑이야말로 인생에서 누릴 수 있는 가장 눈부신 날들이다.

　'흐흐, 딸년아, 많이 아파하고 사랑하렴.'

　그녀는 오늘도 늦게 들어오는 남편을 기다리며 쓸쓸한 중년의 하루를 마쳤다.

＊　　　＊　　　＊

　다음 날은 바람이 불고 비가 내렸다. 바람 때문에 비가 사선으로 내려 우산을 쓰고 있어도 비를 맞았다. 게다가 가끔 강풍이 불면 우산이 뒤집어지곤 했다. 삼열은 담임인 장명곤에게 전화를 걸어 비가 와서 하루 쉬겠다고 했다.

　전화상으로는 그렇게 하라고 했지만 전화를 끊고 나서 장명곤은 화를 내며 욕을 했다. 벌써 두 명에게서 쉰다는 전화를 받았기 때문이다.

　"학교가 장난이야?"

　삼열에게 있어 학교는 장난은 아니지만 그렇다고 꼭 다녀야 하는 곳도 아니었다. 야구만 아니었다면 굳이 고등학교를 졸업할 생각도 하지 않았을 것이다.

그에게 학교란 배울 가치가 없는 곳이었다. 왕따를 당하던 그에게 학교란 좋은 곳이 절대로 아니었다.

삼열은 대낮이 되어도 여전히 침대에 누워 있었다.

같은 시간 수화도 학교 강의를 빠지고 침대에 누워 있었다. 그런 그녀를 보고 장미화가 한마디 했다.

"잘하는 짓이다."

"정말 잘하는 짓이야?"

"이걸 그냥."

장미화는 아침도 거르고 누워 있는 수화에게 샌드위치를 만들어 가져다주었다. 그리고 수화의 꼴을 보고는 주먹을 불끈 쥐었다가 풀고 방을 나가면서 또 한마디 했다.

"밥은 처먹고 궁상을 떨어도 떨어."

"…응, 알았어."

수화는 대답만 하고 여전히 침대에 누워 탁자 위의 샌드위치를 바라보았다. 엄마는 요리 솜씨가 좋았다. 수화가 음식 만드는 것에 관심을 가지지 않자 늘 하는 말이 있다.

"이년아, 얼굴 예쁜 것도 한때야. 여자는 요리, 남자는 정력 아니니?"

평소 엄마가 만든 샌드위치는 정말 맛있었다. 연어와 생선 알에 특유의 소스를 부어 야채와 곁들인 샌드위치는 둘이 먹다 하나가 죽어도 모를 정도다.

수화는 샌드위치를 보자 갑자기 식욕이 당겼다. 마침 배에서 꼬르륵 하고 신호가 왔다.

"쳇, 나쁜 놈. 그런 나쁜 놈 때문에 굶으면 나만 손해지."

수화는 그렇게 생각했다. 아마도 오늘의 샌드위치는 평소보다 더 맛있으리라. 자지 않고 밤을 새운 수화는 엄마가 새벽에 나갔다 오신 것을 알았다. 아마도 신선한 생선과 야채를 사러 시장에 가셨을 것이다.

샌드위치는 한입 베어 물자 입안에서 사르르 녹았다. 연어나 생선알도 통조림을 사서 하면 간단한데 엄마는 그것을 별로 좋아하지 않았다. 신선한 새벽시장에서 산 것만을 고집했다. 요리는 정성이라는 말과 함께.

맛있는 샌드위치를 먹자 괜히 눈시울이 뜨거워졌다. 가끔 말은 거칠게 해도 샌드위치에 엄마의 마음이 담긴 듯해서 먹으면서도 가슴이 먹먹했다.

엄마가 지나가는 말로 '나도 한때 놀았어'라고 하는 말을 믿지 않았는데, 요즘은 조금 믿겨졌다. 사실 수화의 엄청난 무술 실력은 아버지에게 배운 것이지만 운동신경은 엄마를 닮

왔다.

배가 부르니 잠이 온다.

"쳇, 괜히 밤새웠어. 나쁜 놈."

수화는 말로는 계속 나쁜 놈이라고 욕해도 자기가 삼열을 미워하지 못할 것이라는 것을 너무나 잘 알고 있다.

그녀가 잠이 들자 창밖에는 바람이 더 불기 시작했고 비는 거세게 쏟아졌다.

도시는 비로 인해 사람들의 움직임이 멈추었다. 빈 도로에는 가끔 자동차만이 지나갈 뿐이다. 와이퍼가 움직여도 쏟아지는 비를 감당할 수 없어 도로 위의 차들은 저마다 비상등을 켜고 거북이걸음이다.

작년에는 이상 기온으로 스위스에 있는 호수가 얼고 가로수와 차도 모두 얼음 덩어리가 되었다는데 한국도 이제 그 영향을 받고 있었다.

잠을 자고 일어나니 늦은 저녁이다. 식탁에는 엄마의 정성이 담긴 저녁상이 예쁘게 차려져 있다. 이 늦은 시간에 삼열을 찾기가 뭐해 수화는 그대로 저녁을 먹고 다시 잠을 잤다. 역시 그녀는 고민에는 어울리지 않았다.

삼열은 하루 종일 연락도 없고 찾아오지도 않는 수화를 생각하며 시간을 보냈다.

잠시 후면 문을 열고 짠 하고 명랑하게 웃으며 들어올 수화의 모습이 생각났지만 현실은 감감무소식이다. 문자와 전화를 해봤지만 모두 받지 않았다.

'메이저리그를 포기해야 하나?'

꿈과 사랑 중 하나를 고르라고 하면 물론 사랑이다. 꿈은 다른 것으로 바꾸면 되지만 사랑은 그럴 수가 없기 때문이다.

"아, 힘들군."

그는 나직하게 중얼거렸다. 어제오늘 운동을 하지 않았더니 몸이 찌뿌드드하였다. 내일은 운동을 하지 않으면 안 될 것 같았다.

다음 날 삼열은 등교하여 조회를 마치자마자 밖으로 나왔다. 어제 그렇게 비가 왔음에도 불구하고 운동장은 깨끗했다. 그만큼 배수가 잘되는 운동장이다. 다만 비로 인해 운동장 곳곳에 파인 흔적은 남아 있었다.

삼열은 운동장을 죽도록 달렸다. 평상시보다 더 빠르게 힘껏 달렸다. 그러자 평소의 반밖에 달리지 않았음에도 불구하고 숨이 턱턱 막혔다.

"헉헉!"

거친 숨을 내뱉으며 계속 달렸다. 심장이 터질 것만 같았다. 괴로움을 단숨에 날려 버리고 싶었다.

'그래, 그녀를 위해 내가 포기하자.'

심장이 뛰자 피가 거칠게 몸을 돌아다녔다. 그리고 어느 순간 심장에서 뜨거운 불꽃이 펑 하고 터졌다. 그리고 삼열은 정신을 잃었다.

삼열은 한참 동안 운동장 구석에 쓰러져 누워 있었다. 그의 얼굴에는 미소가 가득했다.

뜨겁고 강렬한 불꽃이 온몸을 돌아다니며 새로운 불꽃을 몸 곳곳에 심기 시작했다. 그럴 때마다 삼열은 움찔 놀라 꿈틀댔다. 수업 중이고 경비실에서 멀리 떨어진 후미진 구석이어서 아무도 보지 못했다.

그렇게 한 시간을 보낸 삼열이 벌떡 일어났다. 온몸이 상쾌하고 힘이 넘쳤다. 뭔가 자신의 몸에서 일어난 것 같은데 그것이 무엇인지는 알 수가 없다.

'한 단계 진보한 것인가?'

삼열은 살짝 뛰어보았다. 그러자 깃털처럼 가벼운 몸이 1미터나 뛰어올랐다. 평상시보다 도약력이 상당히 좋았다. 이번에는 조금 힘을 넣어 뛰자 거의 2미터 가까이 솟아올랐다.

"확실히 몸이 좋아졌군. 도대체 어디까지 좋아질 수 있을까?"

이전의 몸과는 확실히 달랐다. 그렇다고 100미터를 5초에 끊을 수 있을 것 같지는 않았다.

하급 병사도 아직 되지 못한 것이다. 그런 병사를 순식간에 처리하던 미카엘의 놀라운 무력을 기억하자 새삼 인간이 참 약하다는 것을 느꼈다.

평상시와 같이 훈련을 하고 집에 오니 수화가 기다리고 있다.

"수화 씨."

"왔어?"

"걱정했잖아요."

"어제 잠자느라고 네가 전화한 것도 몰랐어."

"아, 네."

삼열은 수화의 표정을 보고 안도했다.

"저……."

"내가……."

"내가 먼저 말할게. 나 너 따라 미국 갈게."

"정말요?"

"그래. 너 나에게 엄청 잘해야 되는 것 알지?"

"그럼요."

삼열은 수화에게 자신이 꿈을 포기하고 한국에 남을 생각을 했다고 했다. 그러자 수화가 이마를 찌푸리며 말했다.

"말도 안 돼. 그럼 나더러 남자의 꿈이나 막는 그런 여자가 되란 말이야?"

화가 난 듯 뾰로통한 표정이 정말 사랑스러워 삼열은 수화를 살짝 안았다.

"너, 진짜 나한테 잘하지 않으면 가만 안 둘 거야."

"걱정하지 마세요. 하나님과 동급으로 여기고 있어요."

"그 정도는 부담되는데. 여신급이라면 몰라도. 히힛."

갈등이 사라지자 두 사람은 다시 행복해졌다. 비가 갠 화창한 오늘처럼 마음이 무척이나 따뜻하고 맑았다. 그러나 인생에 항상 맑은 날만 있는 것은 아니라는 것을 청춘은 알지 못했다.

6. 퍼펙트게임 Ⅰ

시간은 빨리도 흘러갔다. 더욱 업그레이드된 신체 능력 덕분에 직구의 구속이 약간 늘었다. 그리고 무엇보다 고무적인 일은 컨트롤이 정교해졌다는 것이다.

몸이 가벼워진 다음에 공을 던지면 원하는 곳으로 들어가 박히기 시작했다.

원래부터 제구력이 좋던 그는 이제는 정말 제구력 하나만큼은 기가 막힌 투수로 변신했다. 하지만 그래 봐야 아마추어에서나 통하는 제구력이다. 반면 구속만큼은 프로에 가도 바로 통할 만큼 무시무시했다.

아침에 수화가 도시락을 싸주었다. 꼭 승리하라는 말과 함께.

내일부터 황금사자기 전국대회가 열리는데, 삼열은 조금 늦게 출발한다고 유승대 감독에게 말하고 따로 출발했다. 수화와 어제 늦게까지 이야기하느라 아침에 늦잠을 잔 닷에 단체 버스를 놓친 것이다. 차를 놓쳤으니 느긋하게 저녁에나 팀에 합류할 생각이다.

이렇게 느긋하게 행동할 수 있는 이유는 보나마나 내일 선발은 송치호가 나갈 것이기 때문이다. 자신의 구위가 많이 좋아지긴 했지만 경험 면에서는 아직은 송치호를 따라갈 수 없었다.

KTX를 타고 시합이 열리는 곳까지 내려가는 도중에 기차 안의 식당에서 수화가 준 도시락을 열었다. 초밥과 샌드위치가 도시락통에 가득하다. 연어가 부드럽게 목구멍으로 넘어간다. 그리고 입안 가득 톡톡 터지는 생선알과 신선한 야채는 정말 맛있었다. 삼열은 샌드위치를 한입 먹고는 놀라 입을 쩍 벌렸다.

'아, 이런 맛이라니!'

삼열은 생전 처음 보는 맛에 거듭 감탄했다. 수화가 이렇게 요리 솜씨가 좋을 줄은 전혀 상상조차 못했다.

처음 만났을 때 볶음밥을 해준다고 소금을 안 넣던 것은 먼 옛날이야기로 느껴질 정도로 맛이 좋았다. 아니, 그만큼 재료의 신선도가 좋았다. 초밥도 맛있었다.

명인의 솜씨에 비하면 뭔가 2% 부족한 솜씨지만 정말 맛있었다.

＊　　　　＊　　　　＊

창원에 도착해서 택시를 타고 대광고가 묵는 여관으로 갔다. 여관 입구에 치호와 영록이 나와서 이야기를 하고 있다.

"여기서 뭐 해?"

"아, 형. 이제 오세요?"

"응, 그래."

"내일 시합할 상대 팀에 대해서 이야기하고 있었어요."

"부산고?"

"네."

"뭐가 있어?"

"투수가 괴물급인가 봐요. 키가 188㎝인 데다가 구속은 145㎞/h까지 나와요. 무엇보다도 컨트롤이 뛰어나고 일찍부터 미국에 진출한다는 말이 있을 정도의 투수입니다."

"와우, 치호급이네."

"저야 이제 제구력이 잡혀서 주목을 받는 상태고요, 그 아이는 예전부터 굉장했던 모양이에요."

"뭐, 그렇겠지. 그 키에 제구력이 되면 상당히 좋은 공을 던지겠지. 타자는 어때?"

"타격도 좋아요. 부산고는 매 경기마다 6점 이상씩 뽑아내고 있어요."

"굉장하네."

대광고의 공격력도 나쁜 편은 아니다. 다만 기복이 심하다는 단점이 있다. 그것은 경험이 부족한 신생 팀의 한계였다.

"오늘은 가볍게 몸을 풀고 각자 쉬라고 감독님이 말씀하셨어요."

"그래?"

"네. 형 방으로 안내해 줄게요."

영록이 앞서 여관으로 들어가 그에게 배당된 방으로 안내했다.

방은 큼직하였는데 세 명이서 사용하도록 되어 있었다. 확실히 학교 지원이 늘어서인지 작년 전국대회에 참여할 때보다 상황이 훨씬 좋아졌다.

방을 열고 들어가니 포수 심재명과 1학년 신입생인 장명호가 있다.

"이제 오세요?"

"아, 별일 없었지?"

"네, 감독님은 잠시 외출하셨어요."

"응."

삼열은 침대에 누워 창밖으로 보이는 푸른 나무들을 바라보았다. 나무 옆에는 개가 한 마리 묶여 있다. 하얀색의 백구로 진돗개인 것 같다. 주위로 사람이 지나가도 짖거나 하지 않고 조용하고 순했다.

잠시 눈을 감고 쉬려는데 수화에게서 문자가 왔다. 저번 그 사건 이후로 수화는 마치 자기가 부인이라도 되는 양 시시때때로 간섭하고 챙겨주고 있었다. 삼열은 은근히 그런 구속이 좋았다.

[도착했어?]

[네, 쉬고 있어요.]

[나는 집이야. 아빠 오셨어.]

이후로 삼열은 문자를 더 주고받다가 유승대가 돌아왔기에 인사를 하고 일찍 잠자리에 들었다.

아침에는 살짝 비가 왔지만 경기를 하는 데 전혀 지장이 없을 정도의 적은 양이었다.

경기장에 도착해 몸을 풀고 상대 팀 선수들과 인사를 나눈 뒤 경기가 시작되었다.

부산고의 에이스 박민호가 마운드에 섰다. 듣던 대로 큰 키에 체구도 상당하여 타석에 서니 위압감이 느껴질 정도이다. 삼열의 몸이 마른 편이라면 박민호는 근육질이라고 해도 좋을 정도로 체격이 좋았다.

1번 타자로 삼열이 타석에 들어섰다. 투수는 자신 있게 공을 던졌다.

펑.

"스트라이크."

바깥쪽으로 꽉 차게 들어오는 직구였다.

'이놈이 미국에서 노린다는 그놈인가 보구나.'

타석에 서서 박민호의 공을 보니 빠르고 묵직했다. 타자가 쉽게 받아치기 힘든 공이다. 그리고 친다고 해도 배트에 비껴 맞을 가능성이 높은 공을 던지고 있었다.

투 스트라이크 원 볼.

삼열은 변함없이 투수의 공을 가능한 커트하여 상대의 구질을 파악하려고 노력했다.

몸이 좋아진 후에는 선구안도 좋아졌는지 투수의 공을 쳐내는 것이 예전보다는 조금 더 쉬웠다. 전에는 스트라이크 존에 들어오는 공을 쳐내기 바빴다면 이제는 조금 더 여유를 가지고 공을 보는 요령도 생겼다.

딱.

가운데로 들어오는 직구를 그대로 받아쳤다. 공은 2루수를 지나 좌익수가 받았다.

삼열은 힘껏 달렸지만 2루까지는 달리기가 힘들어서 1루에 멈추어 섰다. 좌익수가 바운드된 공을 재빨리 잡아 2루수에게 던졌기 때문이다.

"안녕."

"후후, 네가 그 떠버리구나?"

"나 알아?"

"당연하지. 네가 나보다 한 살 많다는 것도."

"자식, 그러면 형이라고 해야지."

"그래, 형 먹어라."

1루수의 입담도 제법인지 삼열의 말에 한마디도 지지 않고 대답했다.

"도루할 거냐?"

"응, 그럴 건데. 그것도 알아?"

"원래 괴상한 일은 잘 알려지거든. 넌 모르는 모양인데, 네 이야기 인터넷에서는 꽤 유명해."

"헐, 대박이군."

삼열은 1루수와 이야기하면서 투수를 훔쳐봤다. 왠지 뛸 타이밍 같았는데 느낌이 이상해 1루의 리드 폭을 조금 늘려 뛸 듯한 액션을 취하자 역시나 포수가 공을 뺐다. 삼열이 재빨리 1루로 귀루하자 포수가 허탈해하며 그를 바라보았다. 괜히 공한 개만 낭비했다는 표정이다.

"새끼, 내가 그런 페인트에 속을 것 같아?"

말은 그렇게 하면서도 삼열의 표정은 좋지 않았다. 상대 팀이 그만큼 대광고에 대해서 잘 안다는 것이니 좋은 일은 결코 아니었기에.

"이번엔 뛸 것 같아?"

"뛰든지 말든지."

"너 성불하겠다?"

"그래, 나 불교인 것 어떻게 알았어?"

"오, 정말이냐?"

"물론 거짓말……."

1루수의 말이 채 끝나지도 않았는데 삼열은 2루로 뛰었다. 포수는 공을 잡아서 던지지도 못하고 입을 벌린 채 서 있다.

"×발, 졸라 빠르네."

부산고의 포수 이상순이 중얼거리고는 인상을 썼다. 그는 경기가 쉽게 풀리지 않을 거라는 예감을 받은 것이다.

2루에 도착한 삼열은 2루수에게 말을 걸었지만 그는 대답은 하지 않고 이를 드러내며 살짝 웃었다.

"아, 네가 그 감동의 주인공이냐?"

귀가 안 들리는 아이가 부산고에서 야구를 한다는 말이 있었는데 2루수가 그 소문의 주인공인가 보다.

삼열은 2루수를 바라보았다. 키도 크고 얼굴도 순하게 생겼다.

'귀가 안 들리면 야구하기가 힘들 텐데.'

수비를 할 때 타구 소리를 듣고 야수들은 위치를 잡는다. 그런데 귀가 안 들리면 남들보다 몇 배는 집중해야 실수하지 않을 것이다.

삼열은 2루수의 행동을 지켜봤다. 그러고는 고개를 끄덕였다.

2루수의 눈은 투수의 동작에 맞춰 움직이고 있었다. 투수가 공을 던지면 그 공이 무슨 구질인지 파악하고 수비를 하는 것 같았다. 2루수의 위치는 바로 투수 뒤고 오래 같이 야구를 했으면 투수의 버릇도 알 수 있을 것이니 불가능한 것 같지는 않았다.

"야, 존경스럽다. 열심히 살아라."

삼열은 장애가 불편할 뿐이지 그것이 성공을 가로막는 것은 아니라고 생각했다.

1회 초에는 삼열이 3루 도루까지 성공했지만 후속타 불발로 공수 교대를 해야 했다.

삼열의 다음 타자는 투수 앞 뜬공과 삼진을 당했다. 삼열은 결국 뛸 기회를 얻지 못했다. 확실히 제구력은 굉장히 뛰어난 투수였다.

공수교대. 부산고의 공격이 시작되었다.

송치호가 공을 던지자마자 딱 하는 소리와 함께 1루 쪽으로 깊이 뜬공이 나왔다. 삼열은 번개처럼 달려가 그 공을 잡아냈다. 그러자 관중석에서 박수가 나왔다.

상대 1번 타자는 투수의 초구를 노려 친 공이 잘 맞았지만 운이 나빴다.

삼열이 그동안 부족한 수비 훈련을 충실히 해서 이제는 실수를 잘 하지 않았다. 그는 발이 빨라 넓은 수비를 해야 하는 우익수로는 제격이었다.

다음 타자도 날카롭게 던진 변화구를 노려 친 공을 삼열이 뛰어가 공을 잡자 타자는 1루에서 더 이상 뛰지 않았다. 아마도 삼열에 대해서 들은 모양이다.

삼열 자신은 몰랐지만 그는 인터넷에서 아주 유명했다. 일단 싸가지가 없는 것으로 유명했고 수다쟁이 타자로 알려졌다.

그리고 발이 빨라 도루에 능하고 투수로서도 굉장한 공을 가졌다는 등등의 이야기와 그가 벌인 기행들이 자세하게 나와 있었다.

그중 하나가 강인한 어깨로 논스톱으로 외야에서 홈까지 던질 수 있다는 것이었다. 그래서 삼열이 공을 잡자 주자는 더 이상 뛰지 않은 것이다.

이상하게 치호의 공을 부산고 선수들은 잘 받아쳤다. 1회에 점수를 내주지는 않았지만 감이 좋지 않았다. 타자들이 치호에 대해 잘 안다는 느낌이 들었다.

'설마 그렇지는 않겠지?'

요즘 프로야구와 프로축구 할 것 없이 승부 조작으로 시끄러웠다.

어제 늦게 들어온 유승대의 어두운 얼굴이 기억났지만 아닐 것이라고 생각했다. 이렇게 사회가 시끄러운데 영악한 유승대가 그런 모험을 할 리가 없다.

그렇다면 상대는 대광고에 대해 사전에 조사를 많이 했다는 이야기다.

실제로 부산고의 감독 이세창은 3승을 한 이후에 서울 지역의 팀들에 대해서 연구를 했다. 대광고는 올해 가장 두각을 나타낸 팀이라 자료를 구하는 것이 어렵지 않았다. 작년에는 삼류였는데 올해 갑자기 일류가 된 도깨비 팀이다. 그 중심에 송치호가 있었다.

송치호는 결국 5회까지 1실점을 하고 마운드에서 내려갔다. 구위는 나쁘지 않았지만 부산고 선수들이 너무나 잘 쳤다.

송치호의 공은 좋았지만 아직 경험 부족인지 가끔 가다 실수를 하는 바람에 공을 많이 던지게 되었다. 마침 내일은 경기가 없기에 일찍 삼열이 투입되었다.

삼열이 마운드에 서자 부산고의 더그아웃이 부산해지기 시작했다. 송치호가 어려움을 당한 것은 플레이트 바짝 붙어서 타격하는 부산고의 타자들 때문이었다. 마음이 여린 치호가 몸쪽 공을 과감하게 던지지 못해 좋은 공을 가졌음에도 힘든 승부를 할 수밖에 없었던 것이다.

삼열이 마운드에 서서 공을 던지자 타자가 플레이트에서 조금 떨어져 타격하기 시작했다. 정보전에서만큼은 대광고가 철저하게 패한 경기였다.

펑.

"스트라이크."

가운데로 들어간 포심 패스트볼에 타자는 당황한 눈으로 삼열을 바라보았다. 마치 이렇게 좋은 공을 가진 투수가 왜 먼저 등판하지 않았느냐는 눈빛이다. 삼열은 와인드업하고 공을 던졌다.

펑.

"스트라이크."

빠른 직구 후에 각이 큰 커브가 들어가자 타자는 꼼짝을 못하고 스트라이크를 당했다. 삼열은 다음 공 역시 빠른 직구로 승부했다. 삼구 삼진이다.

"휴우~"

타석을 물러서면서 타자가 고개를 절레절레 흔들었다. 다음 타자는 8번 조명후였다. 그는 습관적으로 타석에 붙어서 하는데, 그런 그를 보고 포수 심재명이 경고했다.

"야, 너 거기 있다가 다친다."

그는 심재명의 말에 움찔했지만 그렇다고 뒤로 물러서지도 않았다. 그리고 그는 갑자기 기겁하며 고개를 숙였다.

뻥 하는 소리와 함께 무시무시한 공이 그의 머리 위로 지나간 것이다.

너무나 빨라 알고서도 맞을 뻔했다. 저런 공을 맞으면 한 시즌 아웃이다. 어디 한 군데가 부러질 것이 틀림없으니 말이다.

포수 심재명의 경고가 아니었다면 조명후는 아마 앰불런스에 실려 나갔을 것이다.

"야, 경고했잖아. 저 형 인간성 더러워. 괜히 엉기지 말고 적당히 해라. 새끼가 저 위해서 말해줘도 못 알아먹어."

심재명의 말에 조명후는 절로 고마운 마음이 들어 결국 감사 인사를 하고 말았다.

그는 마운드에서 어둠의 오라를 풀풀 풍기고 있는 투수를 바라보았다. 할 수 없이 뒤로 조금 물러나 정상적인 타격을 하지 않을 수 없었다.

그 후에 삼열은 단 세 명만 제외하고 모두 삼진으로 잡아버렸다.

4이닝에 아홉 개의 삼진을 잡은 것이다. 결국 이날 대광고는 2 : 1로 승리했다.

전통의 강호 부산고가 신생 팀에 질 줄은 몰랐는지 돌아가는 선수들의 발걸음이 유독 무거워 보였다.

"와아! 형, 대단했어요."

"그래, 난 항상 대단하지."

단 한 번도 겸손을 모르는 그의 말에도 이제는 익숙한 대광고 학생들이다. 삼열 역시 짜릿한 승리가 좋아 펄쩍펄쩍 뛰었다.

"형, 축하해요."

누구보다 기뻐한 사람은 송치호였다. 그는 패전 투수가 될 뻔한 경기였는데 역전을 하고 마침내 16강에 올라가게 된 것이다.

"넌 마음이 여려서 탈이다. 상대 타자의 머리만 빼고 어디든 다 던질 수 있어야 해. 네가 뭐 메이저리그의 전설적인 투수도 아닌데 도망가는 피칭을 하면 아무리 공이 좋아도 이길수 없어."

"네, 저도 이제는 알겠어요. 좀 독해져야 한다는 것을 말이죠."

"그래, 너무 착한 사람은 복을 못 받아. 사람은 독한 구석이 조금은 있어야 해. 남의 눈치 보면 절대 안 돼. 투수의 가장 강한 마구는 너클볼이나 스크루볼과 같은 공이 아니라 히트 바이 어 피치드 볼이야. 알아둬. 그래봐야 타자는 1루밖에 못 걸어 나가는 대단한 공이지. 투수가 승부를 피하면 투구 수가 많아지고, 그렇게 되면 안 좋아. 봤지? 내가 던지니까 다들 쫄아서 엉덩이 빼고 타격하던 거 말이야."

송치호는 삼열의 말에 동의하면서도 투수의 가장 큰 마구가 데드볼이라는 말에 입을 떡 벌리고 말았다. 한동안 그의 입은 다물어지지 않았다.

경기가 끝난 다음 날 삼열의 이름이 신문에 실렸다. '괴물 신인 탄생'이라는 타이틀로.

4이닝에 삼진 아홉 개는 경이로운 수치다. 그러나 사람들의 관심을 모은 것은 그의 직구가 152km/h라는 것이었다. 박찬호 이후 최대의 신인이 나타났다며 언론은 삼열을 주목하기 시작했다.

자고 나니 스타가 되었다는 것이 무슨 말인지 삼열은 학교에 가서 알게 되었다.

"형, 정말이에요?"

"뭐가?"

삼열의 뒤에 앉은 이승헌이 물었다.

"152km/h 던졌다는 거요."

"내가 어떻게 아냐? 난 던지기만 했지. 뭐, 조금 빠르기는 할 거다."

"와우! 형, 대단해요. 존경심이 마구마구 생겨나는 거 있죠?"

"나야 원래 좀 있는 놈이지만 존경심이라는 것이 그렇게 싸구려면 어떻게 하냐?"

"네?"

"내 인품이 고아해서 존경스럽다, 이렇게 말해야지. 그깟 공 좀 빠르게 던졌다고 생기면 그게 제대로 된 거냐?"

"형, 솔직히 인품은 아니죠. 욕할 만큼은 아니지만 좋은 것도 아니니까. 선생님들도 형을 은근히 피하는데 그건 아니죠."

"그건 그렇군."

삼열 자신도 인품이나 성격이 좋다는 말은 좀 아니라는 생각이 들었다.

너무도 어릴 때 겪은 부모님의 갑작스러운 죽음, 작은아버지의 사기, 학생들의 질시와 왕따, 루게릭병 등으로 인해 고통을 받으면서 성격이 괴팍하게 바뀌었다.

성격이 나쁘다거나 진상을 부리지는 않지만 특이한 성격이 된 것은 사실이다.

생존하기 위해서, 그리고 상처 받지 않기 위해서 특이한 구조로 성격이 바뀌다 보니 사람들의 말이나 관심에 무감각해지고 반대로 자신의 주관은 뚜렷해졌다.

"그래도 조금 존경스럽긴 해요."

옆에 있던 지남철이 말했다. 삼열이 그건 또 뭐냐는 눈으로 보자 지남철이 대답했다.

"야구를 시작한 지 1년도 안 되었잖아요. 재능이 있다고 해도 1년 만에 그렇게 될 수는 없어요. 4이닝에 삼진 아홉 개라. 와우, 완전 소름 돋는데 얼마나 노력을 많이 했겠어요. 우리도 알아요. 형이 운동장을 얼마나 열심히 뛰었는지요. 우리 사이에서는 야구부를 빙자해 육상대회나 마라톤대회에 나가려는 것이 아니냐고 말한 적도 있으니 말이죠."

"흠, 그렇군."

남학생들의 반응이 주로 이런 종류였다면 여학생들의 눈빛은 살짝 묘하게 변해 있었다.

먹이를 잡아먹으려는 매의 눈도 있고 흠모의 정이 생겼는지 눈이 하트로 변한 아이도 있었다.

평범함 속에 갖춘 성실함이나 선함은 보지 못하는지 여자들은 왠지 뭐가 있어 보여야 관심을 가지기 시작한다. 그녀들에게 있어 어제의 삼열과 오늘의 삼열은 전혀 다른 남자였다.

"형, 그럼 이제 메이저리그로 갈 수도 있겠네요?"

남철의 말에 여자들의 눈이 반짝이며 귀가 쫑긋해지는 게 느껴질 정도이다.

"뭐······."

삼열도 이제 아이들과 이야기를 하는 것에 어느 정도 요령이 생겨 그다지 싫지는 않았지만 그렇다고 썩 좋지도 않았다.

"야, 담탱이 떴다!"

누군가 지르는 소리에 왁자지껄하던 교실이 순식간에 조용해졌다.

"잘 지냈나?"

"네, 선생님!"

장명곤은 이런저런 전달 사항을 말한 뒤 삼열을 흘깃 보더니 주말에 대광고 야구부가 경기에서 이긴 것에 대해서 이야기했다.

"알고들 있겠지? 삼열이가 그제 한 건 한 것 말이다. 자, 격려의 의미로 삼열이에게 박수."

"와아!"

짝짝짝!

박수 소리가 교실을 넘어 운동장으로까지 퍼졌다. 마침 바람이 창문을 통해 시원하게 불어왔다. 올해는 유난히 바람이 많이 불었다. 본격적인 여름이 되어도 이렇게 바람이 불면 좋을 텐데 하는 생각이 들 정도였다.

*　　　*　　　*

작년부터 모든 운동 경기는 주말이나 공휴일에 열리게 되었고, 선수들도 수업을 모두 듣고 연습하도록 지침이 내려왔지만 사립학교는 공립에 비해 상대적으로 자유로운 편이다.

교육부 관계자들은 사립학교의 일에는 신경을 껐고, 교육청은 교장들을 죽어라 싫어했다.

선생의 입장에서는 교육청의 지시를 따르면 학교가 막장 되는 것은 일도 아니었다.

작년에 학생 하나가 선생을 구타했는데 이사회는 구타한 학생의 법적 책임을 끝까지 물었다. 쉬쉬하고 입을 다문 게 아니라 아주 화끈하게 나왔다.

학생은 결국 퇴학을 당했고, 학부모는 합의금을 피해자인 선생에게 지불해야 했다.

일이 커지자 여기저기서 압력이 들어왔지만 이사회는 끄떡도 하지 않았다. 교육청과 교육부에서 감사다 뭐다 나온다고 하자 그러면 학교를 폐교시키겠다고 나오니 '앗, 뜨거워라' 하고는 도망가 버리고 말았다.

학교의 운영 자금은 정부에서 보조금조로 지급하지만 건물이나 땅은 전적으로 사유재산이다.

서울에서 이런 알짜배기 땅에 학교를 지으려면 교육청의 예산으로는 턱도 없는 일이다. 아이러니한 일은 이렇게 일을 처리하자 학부모들이 학교에 절대적인 지지를 보낸다는 것이다. 학부모들이 돈을 걷어 선생님들 식사 대접을 하고 난리도 아니었다.

학생들 사이에서 대광고는 뭣도 아닌데 까불면 완전 잘린다는 말이 돌고부터 선생에게 엉기는 학생이 없어졌다. 그러다 보니 면학 분위기가 완전히 좋아졌다.

그런 일이 있고 나서부터 학교에서 뭐를 하던 비난과 비평하던 입들이 잠잠해졌다. 실제로 대광고는 왕따나 일진 문제가 거의 없는 학교였다.

"와, 이제 우리 학교도 야구 명문이 되는 거 아닌지 모르겠다."

"엇, 정말이네. ×발, 그러면 뭐 하냐, 야구장도 없는데."

"……."

학생들끼리 이야기를 주고받는 걸 들으며 삼열은 책상에 손을 기대고 잠을 잘까, 아니면 운동을 할까 생각했다.

그런데 그때 여학생 하나가 그에게 다가와 편지를 주고 뒤돌아서 빠르게 교실을 나갔다.

"와아!"

학생들이 여학생을 보고 소리를 질렀다. 귀엽게 생긴 그녀는 얼굴이 붉게 변해 도망가 버렸다.

'뭐지?'

삼열은 난감하였다. 그렇다고 궁금하거나 호기심 같은 것은 아니었다. 혹시라도 이 일이 수화에게 들어가면 어쩌나 하는 생각뿐이었다.

수업이 시작되자 선생들은 삼열이 있는 것을 보고는 놀라면서도 시합에서 이긴 것을 축하해 줬다. 그제 경기를 했는데 벌써 반응이 오다니 빨라도 너무나 빨랐다.

수업을 들으며—사실 듣는 게 아니라 그 시간에 수능 공부를 했지만—삼열은 자신이 조금씩 야구 선수가 되어가고 있다는 느낌에 기분이 마냥 좋았다. 야구는 그에게 생명 같은 것이다. 그래서 야구를 할 수 있는 것 자체로 아주 많이 행복했다.

오후에 삼열은 운동장에 나와 연습을 했다. 포수 심재명을 앉혀놓고 커터를 던졌다.

다른 구질에는 이제 어느 정도 자신감이 생겼는데 커터는 그렇지 않았다.

모든 일은 열심히 하다 보면 요령이 생기는 법이다. 그 요령이 쌓이면 그것을 노하우라고 부른다. 삼열도 공을 던지면서 조금씩 요령을 배워 나갔다.

그날의 컨디션에 따라 손가락의 위치가 미묘하게 바뀌기도 하고 힘이 달라지기도 한다. 그에 따라 공이 변한다. 공을 던지면 공은 춤을 추기 시작한다. 손가락과 팔의 각도에 따라 그 변하는 폭이 달라진다.

삼열은 팔의 각도를 틀면 회전이 더 강하게 걸린다는 것을 알았지만 그렇게 하지 않았다.

지금은 그런 요령을 부릴 때가 아니라 확실히 다진 기초를 더욱 단단히 하고 공을 다루는 능력을 배가시켜야 할 때이기 때문이다. 지금은 손가락에서 느껴지는 미묘한 차이에 집중할 때였다.

바람 부는 날 공을 던질 때는 어떻게 해야 하는지조차 이제는 조금씩 감이 오기 시작했다. 깨달음은 어느 날 갑자기 다가오는 것이 아니라 익숙함 속에서 지혜로 피어나는 것이다.

공부를 잘하는 학생은 여러 번 봐도 이해가 잘 안 되는 부분이나 암기가 안 되는 부분을 체크하여 더욱 노력해서 자신의 부족함을 극복하려고 한다.

그러나 공부를 못하는 아이는 한 번에 모든 것을 해버리곤 한다. 30분 공부하고서 좋은 성적을 원하고, 점수가 제대로 나오지 않으면 '나는 안 돼' 하고 머리를 친다.

그러나 누구라도 그렇게 공부하면 안 되게 되어 있다. 30분 공부하고도 되는 사람을 천재라고 부른다.

하지만 사람들은 모른다. 천재의 특징 중 하나가 끈질김이라는 것을.

삼열은 천재다. 하지만 운동에 있어서는 둔재에 가깝다. 그 것을 끈질긴 집중력으로 극복한 것이다.

남들보다 두 배가 아니라 육체가 부서질 때까지 연습하고 또 연습했다.

물론 이것이 가능한 것은 신성석 때문이기는 하다. 하지만 신성석이 몸 안에 있다고 하더라도 노력하지 않았다면 삼열의 몸은 절대 변하지 않았을 것이다.

노력하는 천재가 이제 세상의 껍질을 깨고 사람들 앞에 나 오기 시작했다.

다음 날부터 삼열의 책상에는 더 많은 편지와 선물이 쌓였 다. 삼열은 그것을 하나도 열어보지 않고 교실의 한쪽 구석에 쌓아놓았다.

버리고 싶었지만 안 그래도 이상한 놈 취급을 받는데 이제 조금 좋아진 이미지를 떡으로 만들 생각은 없었다. 그렇다고 그것을 집으로 가져갈 용기는 없었다.

사실 삼열은 수화가 무서웠다. 화를 낼까 봐, 마음에 상처 를 입을까 그게 두려웠다. 사랑하니까.

주위의 평가가 달라졌다고 그의 생각이나 행동이 달라지지 는 않았다. 기분이 좋기는 했지만 그런 것이 얼마나 가변적이 고 순간적인지 너무도 잘 알고 있기 때문이다.

불과 얼마 전까지 삼열을 외계인 취급하던 사람들이 바로 그들이다.

'나만의 길을 가자. 휘둘리는 영웅은 없지. 난 메이저리그의 별이 될 거야.'

삼열은 스스로 마음을 다잡으며 이전보다 더 열심히 훈련하였다. 모처럼 주어진 인생의 봄날을 허무하게 날릴 생각은 없었다.

'야구는 나의 인생이야. 더욱 노력하고 노력해서 꼭 훌륭한 선수가 되고 말겠어.'

마음을 다잡으며 삼열은 다시 공을 던졌다.

*   *   *

16강에 오른 후에는 삼열이 선발로 공을 던졌다. 특별한 일이 없으면 원투펀치로 돌아가면서 마운드에 세우겠다는 유승대 감독의 말대로다.

이번 상대는 전통의 명문 경남고였다. 부산고도 그렇고 경남고도 자체 야구장이 있는 학교이다.

대부분의 명문고는 야구장을 가지고 있다. 대광고처럼 야구장 없이 맨바닥에 연습하는 야구부치고 성적이 좋은 학교는 드물었다.

게다가 경남고에는 야구부를 위한 기숙사마저 따로 있었다.

차원이 다른 학교다. 어쨌든 경남고는 야구부의 역사가 60년이나 된 학교로 황금사자기나 청룡기 전국대회에 우승 경력이 많은 학교다.

삼열은 몸을 풀고 마운드를 체크했다. 이제 두 번째 선발 등판이다. 선발이 주는 무게감이 그의 어깨를 무겁게 했지만 그럼에도 구원보다는 선발이 더 좋았다.

그는 일찍 도착하여 심재명과 구위를 점검하며 시합을 기다렸다.

그때 관중석이 술렁거렸다. 뭔가 싶어 삼열이 뒤를 돌아보니 수화가 그를 보며 손을 흔들고 있다.

'어?'

삼열은 놀라 관중석으로 뛰어갔다.

"어쩐 일이이에요?"

"너 놀래 주려고 왔지."

웃는 모습이 오늘따라 더 매력적이다. 삼열은 기분이 좋아졌다.

"잘해."

"염려 마세요."

삼열이 다시 돌아가 투구 연습을 하는데 송치호가 다가와 물었다.

"누구예요? 무지 예쁜 누나 같은데."

"알아서 뭐 하게?"

삼열의 날 선 말에 깜짝 놀란 치호가 고개를 저으며 대답했다.

"아니요. 뭐 한다는 것이 아니라 그냥 예쁘신 분인 것 같아서요."

삼열이 노려보자 치호는 더욱 조심스럽게 말했다. 눈치라는 게 있어야 세상 살아가는 데 도움이 된다. 이런 면에 있어서 치호는 나름 재주가 좋은 학생이었다.

구위를 점검하고 얼마 되지 않아 심판이 플레이볼을 선언했다.

드디어 기다리던 시합이 시작되었다.

삼열은 마운드로 걸어 올라가 관중석을 바라보았다.

수화가 손을 흔들고 있다. 그녀가 보고 있다는 생각을 하자 온몸에 기운이 넘쳐흘렀다.

안 그래도 요즘은 몸이 업그레이드되어 힘이 넘쳐나는데 오늘은 더욱 좋았다.

삼열은 공을 던졌다. 투심 패스트볼이다. 느낌상 타자가 직구를 노리고 있는 것 같아 직구를 던져 줬다.

딱 하는 소리와 함께 공이 데굴데굴 굴러왔다. 삼열은 공을 잡아 1루로 던졌다.

한 개의 공으로 원아웃이 되었다.

두 번째 타자는 타석에 바짝 다가서서 치려고 했다. 삼열은 히죽 웃으며 그대로 몸쪽으로 공을 던졌다.

기겁한 타자는 뒤로 발라당 넘어졌다. 어지간하면 몸을 비틀어서 맞으려고 한 모양인데, 150㎞/h가 넘는 공이 날아오자 몸이 알아서 피한 것이다. 맞았다면 몸이 바로 작살나는 공이었다.

2번 타자는 삼열을 노려보았다. 그러는 것을 보니 삼열에 대해서 모르는 모양이다. 심재명은 골치가 아팠다.

"저 형 원래 그래."

"뭐?"

타자가 땅바닥을 보며 중얼거렸다. 시합 중에 포수와 이야기를 하면 안 되기에 마치 혼잣말하듯 한 것이다.

"저 형이 말이야, 졸라 골 때리는 형이야. 그렇게나 알아둬."

"젠장."

심재명은 송치호에게 전해 들은 말을 차마 할 수 없었다. 히트 바이 어 피치드 볼이 투수에게 가장 뛰어난 마구라고 주장하는 말을 어떻게 상대 타자에게 전해준단 말인가.

2번 타자는 바로 플레이트에서 떨어져 타격하기 시작했다.

펑.

"스트라이크."

2번 타자가 삼진으로 물러나고 3번 타자가 들어섰으나 그도 투수 앞 땅볼로 물러났다.

공수가 교체되고 1회 말, 삼열은 몸을 가볍게 풀고 타석에 들어섰다.

투수가 1번 타자로 나오자 박찬영은 약간 놀랐다. 경남고는 전통의 명문이지만 정보 습득은 조금 느린 듯했다. 박찬영이 바로 와인드업하고 공을 던졌다.

펑.

"스트라이크."

상당히 빠른 직구였다. 경남고의 투수가 명물이라고 하더니 역시 굉장히 빠른 공을 가지고 있었다. 이렇게 되면 경기를 풀어 나가기가 어려워질 것 같았다.

삼열이 웃자 투수는 기분이 상했는지 잠시 땅을 바라보더니 삼열을 보고 묘하게 웃었다. 그리고 공을 던졌는데 삼열을 향해 공이 날아왔다. 아까 삼열이 2번 타자에게 고의성 짙은 공을 던진 보복 같았다.

삼열은 배트를 떨어뜨리고 왼손으로 날아오는 공을 잡았다. 잡은 공이 패스트볼이 아닌 변화구여서 다행이었다.

삼열은 손바닥을 비비며 아픔을 참았다. 손바닥이 타는 듯했다.

잡자마자 손바닥이 욱신거리는 것이 징조가 안 좋았다. 오른손으로 잡았다면 더 확실하고 안전하게 처리했겠지만, 시합을 해야 하기에 왼손으로 잡았다. 그리고 날아오는 방향도 왼손으로 잡는 것이 유리했다.

삼열은 투수를 노려보았다. 자식이 양심은 있는지 패스트볼을 던지지는 않았다.

삼열은 공을 달라는 포수의 말을 무시하고 오른손으로 공을 옮겨 쥐고 투수에게 직접 공을 던졌다. 이제까지 삼열이 던진 그 어떤 공보다 빨랐다.

펑!

투수 박찬영은 얼떨결에 삼열이 던진 공을 글러브로 받고 두 걸음이나 물러났다.

손이 굉장히 아팠다. 잡지 못했다면 어떻게 했을까 생각하니 모골이 송연했다.

직접 공을 던진 삼열에게 주심이 주의를 주었다. 고의성이 있다고 판단되었지만 아직도 왼손을 주무르고 있는 모습을 보고서 차마 경고를 줄 수는 없었던 것이다.

"타임."

삼열은 끝내 참지 못하고 타임을 불러 더그아웃으로 걸어가 파스를 왼손에 뿌렸다. 그리고 혹시 몰라 후배에게 자기의 가방에서 타이레놀을 가져오라고 부탁했다.

경기 중이라 이번에는 먹을 수 없겠지만 공수가 교대되거나 자신의 공격이 끝나면 더그아웃에 들어가서 먹을 생각이었다.

수화는 공이 삼열에게 날아가자 깜짝 놀라 응원석에서 벌떡 일어났다가 삼열이 공을 손으로 잡자 안도의 한숨을 내쉬고 자리에 앉았다.

그리고 삼열이 공을 던지자 투수가 받고서 두 걸음이나 뒤로 물러난 것을 보고는 입가에 웃음을 띠었다.

"와우, 저 선수 죽이는데?"

"졸라 멋있다!"

"어머, 넘 멋져!"

주위에서 삼열에 대해 좋게 이야기하는 소리를 들으며 수화는 흐뭇하게 미소 지었다.

박찬영 투수는 삼열이 공을 손으로 받을 것이라고는 생각하지 못했는지 당황한 표정이다.

응급치료를 하고 온 삼열이 주심에게 물었다.

"뭐예요?"

"뭐 해, 1루로 안 가고?"

"네, 가야죠. 그런데 저 투수에게는 경고 안 주세요?"

"주고 싶긴 하지만 그러면 너도 경고를 먹어야 할걸."

"아하하하! 뭐, 그냥 그렇다는 거죠."

분명 고의성이 명백했지만 그걸 따지면 조금 전에 던진 삼열의 공도 문제 삼아야 한다는 심판의 말은 일리가 있었다.

물론 삼열의 공은 스트라이크 존에서 공 세 개 정도밖에 밖으로 빠지지 않았지만 누가 봐도 고의적인 공이었다.

상대 투수의 공은 더 말할 나위가 없었다. 심판이 우유부단해서 결정하지 못한 것 같았다. 사실 아마추어 게임에서는 이런 판정도 나쁘지 않다. 고의적인 것으로 생각할 수 있는 공이었지만 의도적이라고 심판은 결론 내리기가 쉽지 않았다.

이번 판정은 애매했다. 타자가 고의로 공을 맞으면 진루를 하지 못하는데, 삼열의 행동은 의도적으로 맞은 것이 아닌 것으로 보았다.

그 자리에서 그대로 공을 잡았으니 주심은 진루를 선언한 것이다. 양 팀에서 각자 어필했지만 주심은 모두 무시했다.

사실 이런 경우는 거의 없었다. 타자가 투수의 공을 그 자리에서 맨손으로 잡는다는 것은 유례없는 일이다.

다만 메이저리그에서 템파베이 레이스의 에반 롱고리아가 야구장에서 인터뷰 도중에 공이 여성 아나운서 쪽으로 날아오자 공을 손으로 잡는 면도기 광고는 있었다.

삼열은 1루로 천천히 걸어갔다. 계속 손을 주무르며 나왔기에 심판들도 그런 삼열을 기다려 주었다. 유승대 감독이 1루까지 걸어와 괜찮으냐고 물었다.

삼열은 당연히 괜찮다고 대답했다. 왼손이라 수비에 문제가 생길지는 모르지만 공을 던지는 데에는 문제가 없기 때문이다.

2번 타자 오동탁이 타석에 들어섰다. 다시 경기가 속개되고 박찬영이 공을 던졌지만 볼이다. 아직도 욱신거리는 왼손에 신경 쓰여 제대로 투구를 할 수 없었던 것이다. 다음 공도 볼이다.

투 볼 노 스트라이크.

오동탁은 다음 공은 투수가 스트라이크를 잡으러 들어올 것으로 생각했다.

투수가 와인드업하고 공을 던졌다. 역시나 가운데로 정직하게 들어오는 직구다. 동탁은 힘껏 배트를 휘둘렀다.

공이 너무나 정직하게 들어와서인지 맞는 순간 소리가 달랐다.

빠른 공이 제구가 안 되어 맞으면 장타가 될 확률이 상대적으로 많다. 공의 무브먼트가 나쁘고 가벼우면 빨라도 홈런이 될 가능성이 높다. 평상시 박찬영의 공은 무거운 편에 속했는데 이번에는 실투였다.

"와아!"

"홈런이야!"

1루에서 왼손을 만지작거리던 삼열도 뜻밖에 터진 홈런에 어리둥절해하며 베이스를 돌았다.

그는 아주 천천히 베이스에 신발로 도장을 확실히 찍었다. 신이 나 뒤따라오던 오동탁이 뒤에서 소리를 질렀다.

"형, 빨리 가요!"

"시발 놈아, 무지 아프다."

"에이, 기분 좀 내려고 했더니 협조를 안 해주네."

삼열은 뒤에서 바짝 뒤따라오는 오동탁을 향해 소리를 질렀다.

"너, 나보다 먼저 들어가면 아웃되는 거 알지?"

"크크크, 알죠. 형도 참."

"한번 해봐. 아마 감독이 뒤지게 팰 거다."

"헉!"

오동탁이 기겁하고 뒤로 거리를 벌렸다. 삼열은 하이파이브를 하려는 선수들을 무시하고 더그아웃으로 들어가 물을 먹었다. 후배가 다가와 진통제를 주었다.

"아, 고마워."

"형, 괜찮아요?"

"그냥 먹어두는 거야."

삼열은 진통제를 꿀꺽 삼켰다. 아직 노아웃이니 2회가 되면 진통제의 약기운이 서서히 돌 것으로 생각했다.

"어, 저거 뭐지?"

누군가 소리를 지르자 삼열도 다른 아이들과 함께 관중석을 바라보았다. 관중석에서 경기를 촬영하는 외국인이 보였다.

스콧제임스로부터 조만간 회사에서 사람이 나가 경기를 촬영할 것이라는 말을 들었는데 그쪽 사람인 것 같다.

"와우! 저 사람, 스카우터인가?"

확실히 촬영하는 폼이 예사롭지 않았다. 하지만 지금은 경기에 집중할 때였다. 아마도 샘슨사에서 삼열에게 오늘 경기를 촬영한다는 말을 하지 않은 것은 경기에 집중하도록 하려는 배려 같았다.

순식간에 실점을 한 박찬영은 얼굴을 찡그렸다. 그래도 그는 경남고의 에이스였다. 순간적으로 흔들려 실수한 것이다. 다음 타자를 상대할 때부터는 다시 무시무시한 공을 던지기 시작했다.

3번 타자를 삼구 삼진을 시키는가 하면 4번 타자는 파울 플라이로 포수가 잡아서 아웃, 5번 타자는 공 다섯 개를 던진 끝에 외야 플라이로 잡아버렸다.

아마도 처음부터 이렇게 던졌다면 절대로 점수를 내주지 않았을 것이다.

포심 패스트볼과 슬라이드, 그리고 커브가 굉장히 좋았다. 직구는 빨랐고 커브는 제구가 잘되어 각이 예리하게 휘어져 들어왔다.

고교야구에서 소위 말하는 정상급의 투수다. 1회에 대광고가 점수를 낼 수 있던 것은 운이 좋았다.

박찬영은 마운드에서 내려오면서 화가 나는 것을 참을 수 없었다.

무지막지한 놈이 의도적으로 히트 바이 어 피치드 볼을 던졌기에 자신도 복수하는 의미로 던졌다.

직구를 던지기 뭐해 커브를 던졌다. 아무리 그래도 피할 줄 알았다.

그런데 맨손으로 잡을 줄이야. 의도적으로 몸에 맞히려는 의도는 없었기에 결국 데드볼이 선언되었다. 분하고 억울하였다. 설마 피하지 않을 줄이야. 게다가 손으로 잡을 줄은 전혀 예상하지 못했다.

상대 투수가 1번 타자로 나오고 공을 손으로 잡자 분하고 억울한 마음을 주체 못하고 다음 타자에게 실투를 던지고 말았다.

공이 밋밋하게 한복판으로 들어갔던 것이다. 그리고 홈런을 맞고 말았다.

"잊어. 운이 없었어."

"그래, 잊어라."

동료들의 위로도 귀에 들어오지 않았다. 꼭 이기고 싶어졌다.

경기에서 이기고 싶은 마음이 드는 것은 누구나 당연한 일이지만 저 이상한 놈과의 승부에서는 반드시 이기고 싶었다.

"젠장, 두고 봐. 절대 안 진다."

박찬영은 이를 악물었다.

『MLB―메이저리그』 3권에 계속…

초대형 24시 만화방

신간 100%, 샤워실, 흡연실, 수면실(침대석), 커플석, 세탁기 완비

■ 강북 노원역점 ■

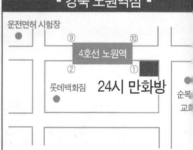

서울 노원구 상계동 340-6 노원역 1번 출구 앞 3층
02) 951-8324 (화용빌딩 3층)

■ 일산 정발산역점 ■

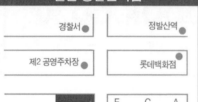

라페스타 E동 건너편 먹자골목 내 객잔건물 5층
031) 914-1957

■ 일산 화정역점 ■

경기도 고양시 덕양구 화정동 984번지 서일빌딩 7층
031) 979-4874 (서일사우나 건물 7층)

■ 부천 역곡역점 ■

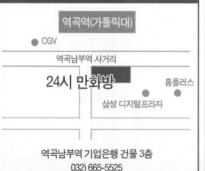

역곡남부역 기업은행 건물 3층
032) 665-5525

■ 부평역점 ■

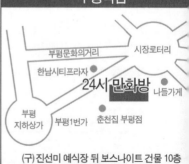

(구) 진선미 예식장 뒤 보스나이트 건물 10층
032) 522-2871

내일을 향해 쏴라

김형석 장편 소설

FUSION FANTASTIC STORY

1만 시간의 법칙!
'성공은 1만 시간의 노력이 만든다'는 뜻이다.

그러나…
사회복지학과 복학생 수.
전공 실습으로 나간 호스피스 병동에서
미지와 조우하다.

1만 시간의 법칙?
아니, 1분의 법칙!

**전무후무한 능력이 수에게 강림하다!
맨주먹 하나로 시작한 수의
인생역전이 시작된다!**

Book Publishing CHUNGEORAM

유행이 아닌 자유추구
WWW.chungeoram.com

승유 퓨전 판타지 소설

FUSION FANTASTIC STORY

환생 마법사

Magician reborn

빠져나갈 수 없는 환생의 굴레.

그는 내게 마지막 기회를 주었다.

"이 세계의 정점이 된다면…

네가 살던 곳으로 돌려보내 주겠다."

대륙 최고를 향한 끝없는 투쟁!

100번째 삶.

더 이상의 실수는 없다.

Book Publishing CHUNGEORAM

유행이 아닌 자유추구 -
WWW. chungeoram.com

현대 소환술사

THE MODERN SUMMONER

FUSION FANTASTIC STORY

현윤 퓨전 판타지 소설

하늘이 무너져도 솟아날 구멍은 있다!

드래곤의 실험으로 모진 고난을 겪어야 했던 레비로식
우여곡절 끝에 소환술사가 되어 최강의 자리에 오르지만
운명은 그를 나락으로 떨어뜨린다.

『현대 소환술사』

다시 한 번 주어진 삶!
그러나 그마저도 암울하기 그지없는데……

소환술사 레비로스의
인생 역전이 시작된다!

Book Publishing CHUNGEORAM

며운 장편 소설

FUSION FANTASTIC STORY

전공
삼국지

2세기 말 중국 대륙.
역사상 가장 치열했던 쟁패(爭覇)의
시기가 열린다!

중국 고대문학을 공부하던 전도형,
술 마시고 일어나니 도겸의 둘째 아들이 되었다?

조조는 아비의 원수를 갚으러 쳐들어오고
유비는 서주를 빼앗으려 기회만 노리는데……

"역시 옛사람들은 순수하다니까.
  유비가 어설픈 연기로도 성공한 데는 다 이유가 있지, 암."

**때로는 군자처럼, 때로는 효웅처럼!
도형이 보여주는 난세를 살아가는 법!**

Book Publishing CHUNGEORAM

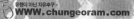
유행이 아닌 자유추구 -
WWW.chungeoram.com

이경영 판타지 장편소설

FANTASY FRONTIER SPIRIT

그라니트

용들의 땅

GRANITE

사고로 위장된 사건에 의해 동료를 모두 잃고 서로를 만나게 된 '치프' 와 '데스디아'.
사건의 이면에 상식을 벗어난 음모가 있음을 알게 된 둘은
동료들의 죽음을 가슴에 새긴 채 각자의 고향으로 돌아간다.
2년 후, 뜻하지 않게 다시 만난 두 사람은 동료들의 복수를 위해
개척용역회사 '그라니트 용역' 을 설립해 다시금 그 땅을 찾게 되는데……

용들이 지배하는 땅 그라니트!
그곳에서 펼쳐지는 고대로부터 이어지는 운명적 만남,
깊어지는 오해, 그리고 채워지는 상처.

『가즈 나이트』시리즈 이경영 작가의 미래형 판타지 신작!

Book Publishing CHUNGEORAM

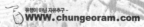

유행이 아님 자유추구 ~
WWW.chungeoram.com

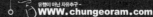